INTEMPÉRIE

Livro do Ano de 2013 segundo o Gremio de Libreros de Madrid.

Livro do Ano de 2013 segundo os jornais El País, El Mundo,
La Vanguardia, El Correo Español, El Correo de Andalucía,
El Periódico de Catalunya e El Confidencial.

Livro do Ano de 2013 segundo o programa de TV Página 2.

Livro Mais Recomendado de 2013 pela Confederación Española
de Gremios y Asociaciones de Libreros (CEGAL).

Vencedor do Culture, Art and Literature Award 2014
oferecido pela Rural Studies Foundation.

Vencedor do Pop-Eye Best Book Award 2013
oferecido pelo Pop Art Festival.

Finalista do European Literature Award
oferecido pela Netherlands' Literature Foundation.

Finalista do San Clemente Award.

Jesús Carrasco

INTEMPÉRIE

Tradução
Luís Carlos Cabral

BERTRAND BRASIL

Copyright © Jesús Carrasco, 2013
Copyright © Editorial Seix Barral, S.A., 2013
Título original: *Intemperie*

Capa: Duat Design
Imagem de capa: Holly Wilmeth/Getty Images

Editoração: FA Studio

Texto revisado segundo o novo
Acordo Ortográfico da Língua Portuguesa

2015
Impresso no Brasil
Printed in Brazil

Cip-Brasil. Catalogação na fonte
Sindicato Nacional dos Editores de Livros — RJ

C299i	Carrasco, Jesús, 1972- Intempérie / Jesús Carrasco; tradução Luís Carlos Cabral. — 1. ed. — Rio de Janeiro: Bertrand Brasil, 2015. 182 p.; 23 cm. Tradução de: Intemperie ISBN 978-85-286-1708-5 1. Ficção espanhola. I. Cabral, Luís Carlos. II. Título.
15-22442	CDD: 863 CDU: 821.134.2-3

Todos os direitos reservados pela:
EDITORA BERTRAND BRASIL LTDA.
Rua Argentina, 171 — 2º andar — São Cristóvão
20921-380 — Rio de Janeiro — RJ
Tel.: (0xx21) 2585-2076 — Fax: (0xx21) 2585-2084

Não é permitida a reprodução total ou parcial desta obra, por
quaisquer meios, sem a prévia autorização por escrito da Editora.

Atendimento e venda direta ao leitor:
mdireto@record.com.br ou (0xx21) 2585-2002

À memória de Nicolás Carrasco Royano.

1

Em seu buraco de argila, ouviu o eco das vozes que o chamavam e, como se de grilos se tratasse, tentou localizar cada homem dentro dos limites do olival. Berros como estevas calcinadas. Deitado de lado, seu corpo em forma de z encaixava-se na cova sem mal lhe deixar espaço para se mexer. Os braços envolvendo os joelhos ou servindo de travesseiro, e apenas uma mínima cavidade para o embornal com as provisões. Havia disposto uma tampa de varas de poda sobre dois grossos galhos que faziam as vezes de vigas. Esticou o pescoço e deixou a cabeça suspensa para poder ouvir mais claramente e, semicerrando os olhos, aguçou o ouvido à procura da voz que o obrigara a fugir. Não a encontrou, tampouco distinguiu latidos, e isso o aliviou porque sabia que só um cão bem adestrado poderia descobrir seu esconderijo. Um perdigueiro ou um bom trufeiro coxo. Talvez um sabujo inglês, um desses animais de patas curtas lenhosas e orelhas caídas que vira certa vez em um jornal chegado da capital.

Sorte a sua, a planície não se prestava a extravagâncias. Ali só havia galgos. Carnes escorridas em cima de longos ossos. Animais místicos que corriam atrás das lebres a toda velocidade e não se detinham para farejar porque haviam sido postos na Terra com a única missão de perseguir e derrubar. Linhas vermelhas flamejavam em seus flancos como recordações dos açoites de seus donos. Os mesmos que nos terrenos estéreis subjugavam crianças, mulheres e cães. Corriam, simplesmente, e ele estava parado em sua pequena cova argilosa. Perdido entre as centenas de odores que as profundezas reservam às minhocas e aos mortos. Odores que não deveria estar sentindo, mas que havia procurado. Odores que o afastavam de sua mãe.

Sempre que via galgos ou pensava neles, vinha-lhe à memória um homem da aldeia. Um inválido que percorria as ruas em uma espécie de triciclo com uma manivela na frente que ele girava, curvado como um tocador de realejo. Ao entardecer, deixava as casas para trás e percorria os caminhos repisados do norte, os únicos pelos quais podia avançar em sua cadeira. Os cães o escoltavam, amarrados pelo pescoço com cordas de sisal desfiadas. Era penoso vê-lo avançar com a sua máquina tosca, e ele sempre se perguntava por que não colocava os animais para puxar aquele carro. Na escola, diziam que, quando não queria mais um de seus bichos, pendurava-o em alguma oliveira. Em sua curta vida, já vira dezenas de cães suspensos pelo pescoço, balançando em árvores distantes. Sacos de pele carregados de ossos desconjuntados como crisálidas gigantes.

Percebeu que os homens já estavam perto e preparou-se para o silêncio. Ouviu seu nome multiplicando-se entre as árvores como gotas sobre uma poça d'água. Encurvado em seu esconderijo, pensou que talvez aquela seria toda a sua recompensa: ouvir como o chamavam sem cessar entre as oliveiras ao alvorecer. Reconheceu a voz do taverneiro e a de um dos tropeiros que passavam o verão na aldeia. E, embora não os distinguisse, supôs que ali também estariam o carteiro e o esparteiro. Experimentou um inesperado prazer, úmido e quente, no fundo de seu poço. Uma espécie de algaravia infantil e surda eriçou sua pele. Perguntou-se se procurariam seu irmão da mesma maneira, se ele seria capaz de mobilizar tantos homens em seu encalço. Diante do coro de vozes, sentiu que talvez tivesse desenterrado algum tipo de laço comunitário e, por um momento, seu rancor recuou a algum lugar de seu estômago. Reunira em torno dele os homens da aldeia, todos os braços curtidos e poderosos que afundavam os arados na terra e enchiam os silos com grãos. Provocara um acontecimento. Imaginou que talvez a necessidade de reunir aquele bando tivesse obrigado velhos inimigos a arregaçar as mangas e unir os cotovelos. Perguntou-se se restaria alguma coisa daquele momento dali a alguns anos ou semanas. Se seria tema de conversas à saída da missa ou na taverna. Então, pensou no pai e imaginou-o dando explicações a uns e outros. Viu-o, como tantas vezes, fingindo desamparo. Tentando fazer todos acreditarem que, certamente, o garoto, ao correr atrás de alguma perdiz, caíra em algum poço destampado. Que a desgraça fora infligida mais uma vez à sua família e que Deus acabara de lhe arrancar uma parte de sua carne. Balançou a cabeça entre os joelhos como se assim pudesse afastar tais pensamentos. A figura do pai, solícito e servil, voltou à sua mente, acompanhada pela do aguazil. Uma cena que, como nenhuma outra, provocava em seu corpo desordens de todo tipo. Aguçou o ouvido o quanto pôde, sem encontrar rastros da voz do aguazil, e até essa ausência lhe causou medo. Imaginou-o caminhando com um cigarro na boca atrás da linha dos homens que, naquele momento, batiam o olival. Dava pontapés nos torrões ou se agachava, indolente, para recolher alguma azeitona que escapara da última varada. A corrente do relógio assomando sob o paletó. O sombreiro de feltro marrom, a gravata-borboleta, o colarinho apertado, o bigode bem armado com água açucarada.

A voz de um homem a poucos metros do buraco tirou-o de seu ensimesmamento. Era o professor. Falava com alguém que caminhava um pouco mais à frente. O garoto percebeu que seu coração se acelerava e sentiu pulsações sanguíneas percutindo-o por dentro. As dores, depois de horas encolhido, empurravam-no para fora. Considerou a possibilidade de acabar logo com aquilo e livrar-se assim de seu mal-estar. Não matara ninguém, não roubara, não pronunciara o nome de Deus em vão. Esteve prestes a afastar os galhos que tapavam o buraco para chamar a atenção dos homens mais próximos. Um mandaria o outro se calar e depois viraria a cabeça para orientar seu ouvido na direção do ruído. Cruzariam os olhares. Avançariam em silêncio até a pilha de varas sem saber se encontrariam um coelho ou o garoto perdido. Então, afastariam os galhos e o veriam lá no fundo, retorcido sobre o estômago. Fingiria estar inconsciente, o que, somado aos restos de barro, à umidade de sua roupa e ao cabelo sujo, comporia um quadro de seu triunfo. Garantiria, pelo menos, um momento de glória. Pão para hoje e fome para amanhã. Depois, reagindo aos gritos dos homens, os demais acudiriam. O pai chegaria resfolegando, em um primeiro momento distraído e bem-disposto. Formariam um redemoinho em torno dele que quase o deixaria sem ar. Palito de fósforo no momento de começar a arder, pujante, ainda sem indícios da melíflua chama que haveria de consumir a madeira. Exumá-lo-iam entre gritos de alegria. Ao seu redor, os abraços viris levantariam pequenas nuvens de poeira nas costas. Depois, o retorno à aldeia em um carrinho de mão entre cantos de lavoura e odres de vinho quente, a áspera mão do pai sobre seu peito pequeno e moreno. Preâmbulo prazeroso de um drama que levaria todos à taverna e, mais tarde, cada um à sua casa. No final, como únicas testemunhas, as grossas paredes de pedra que sustentavam o telhado e esfriavam os aposentos. Um prelúdio banal para o cinturão gasto do pai. Fivela acobreada rasgando o ar podre da cozinha, tão veloz como incapaz de devolver lampejos. O quadro de sua afetada prostração ao fundo do buraco, voltado para baixo.

Reconheceu o som do professor assoando o nariz quase em cima de sua cova. Um estrondo membranoso que fazia vibrar seu lenço seco e que, na escola, obrigava as crianças a reprimir suas risadas. A sombra de seu corpo magro passou em cima de seu telhado. Fechou os olhos e cerrou os dentes. O homem mijava em sua pilha de varas.

Deixou passar muito tempo desde que ouvira o eco da última voz afastando-se do terreno. Queria assegurar-se de que não encontraria ninguém quando levantasse os galhos e, por isso, estava decidido a esperar o quanto fosse necessário. Nem as horas debaixo da terra, nem a urina do professor empastando seus cabelos, nem a fome, que o esporeava pela primeira vez, foram suficientes para diminuir seu empenho porque ainda mordia seu estômago a flor negra da família. Adormeceu.

Quando despertou, o sol estava lá no alto. A dura luz zenital atravessava o telhadinho de galhos e iluminava seus joelhos como agulhas nas quais a poeira flutuasse. Assim que abriu os olhos, sentiu que seus músculos estavam intumescidos e pensou que fora precisamente seu corpo que pusera fim ao seu sono. Calculou que devia estar há sete ou oito horas enfiado ali e decidiu que tinha de sair o quanto antes. Muito lentamente, levantou a cabeça e tocou a tampa com os cabelos. O pescoço como uma dobradiça enferrujada. Endireitou-se em um ritmo artrítico, afastou algumas varas, olhou ao redor e confirmou que não havia ninguém. Poderia sair e seguir rumo ao norte, onde sabia que havia uma fonte na qual os tropeiros davam de beber a suas mulas. Talvez pudesse se esconder no meio dos juncos, aproveitar um momento de descuido, penetrar na carreta de algum comerciante e, entre frigideiras e calcinhas, reaparecer a muitos quilômetros da aldeia. Sabia, no entanto, que chegar à fonte significaria caminhar em campo aberto a plena luz do dia, tendo como único refúgio algum monte isolado de pedras. Na planície, qualquer pastor ou caçador reconheceria sua figura desmazelada e saberia que era o garoto perdido. Não lhe restava, portanto, outra opção; seria obrigado a continuar escondido até que a tarde caísse, quando seus contornos de arame poderiam passar por um arbusto seco ou uma silhueta obscura contra o sol laranja que se punha.

Durante a sua clausura reconheceu escaravelhos, centopeias e, sobretudo, minhocas. Apalpou o buraco em que enfiara o embornal. Abriu a lona e tirou um pedaço de salsichão, que mastigou devagar. Bebeu a água quente do odre que, depois de vários dias à espera da fuga, ficara inchado como se fosse um gato morto. Depois sentiu que sua bexiga estava cheia e como, à medida que o tempo passava, ela inflava até doer. A posição enovelada pressionava-a, e algumas vezes escaparam gotas de urina que a intumesceram ainda mais. Quando as agulhadas se tornaram insuportáveis, tentou baixar a calça. Lutou com a braguilha e o cinto, mas o espaço era mínimo e mal conseguia se mexer. Considerou a possibilidade de sair por um instante, mas tinha medo de ser visto de longe ou de deixar alguma pista, por menor que fosse, para o bando que, certamente, continuava à sua procura. Depois de um tempo, conseguiu deslizar o cós da calça somente até deixar à mostra as nádegas. Enfiou o pênis entre as pernas e tentou afastá-lo o quanto pôde do corpo, mas o esconderijo era tão estreito que logo sentiu o contato do prepúcio com seus tornozelos, e nesse momento não aguentou mais e se deixou ir como uma roda ribanceira abaixo. Depois de ter passado tantas horas prostrado no fundo do buraco, a argila repisada se comportava como uma bacia, formando um charco de urina. Uma atmosfera ácida transformou o refúgio em uma marmita tóxica. Retorceu a cabeça para o teto de galhos, procurando com a boca os buracos da malha, e tentou aspirar o ar exterior. Precisava sair, afastar a tampa e emergir no olival como se seu corpo fosse uma casca repentinamente liberada do fundo de um pântano. Fechou os olhos e agarrou-se às raízes que iriam morrer no buraco. Depois de muitos minutos de tensão inconsciente, sentiu a rigidez de seus músculos e lhe sobreveio um cansaço repentino que o afrouxou e o fez ceder até se reacomodar de novo nas formas do buraco. O calor úmido o entontecia, e a argila amolecida na qual seus rins estavam recostados causava-lhe um surdo incômodo. Um torpor que o adormeceu.

Foi despertado pelo ruído de algumas folhas agitando-se do lado de fora, logo quando a luz que penetrava pela tampa perdera quase todo o seu vigor. Pelo som, pensou que seria algum pequeno roedor farejando o solo. Precisava se desenroscar, esticar o peito, sacudir o barro, arejar a calça, sair. Só faltava certificar-se de que o ruído que o despertara não constituía uma ameaça. Endireitou as costas e levantou ligeiramente, com o cocuruto, a tampa de galhos, o suficiente para abrir uma fresta e poder ver alguma coisa. A alguns centímetros de seu refúgio, um rato silvestre fincava o focinho entre as folhas entrelaçadas das oliveiras. Desmontou galho por galho seu telhadinho em uma versão invertida da nidificação. Ergueu a cabeça, girou-a como um periscópio até varrer o olival e não encontrar sinais de vida além do rato fugindo entre os montes de poda abandonados. Quando saiu do buraco, a luz tinha uma textura empoeirada e avermelhada. Não havia mais sol no horizonte, mas um halo amarelado de frente iluminava a planície e alongava as sombras sobre os barbechos. Esticou-se em todas as direções possíveis; retorceu-se, agachou-se, levantou-se, esperneou; parou de se preocupar por um momento com a fuga e não reparou nos pedaços geométricos de barro que se soltavam das solas de seus pés. A umidade persistia em sua calça. Afastou as pernas com os dedos e puxou o tecido, para desgrudá-lo da pele. Se tivesse fugido no inverno, pensou, agora estaria congelado.

Escolhera aquele lugar alguns meses atrás por ser o espaço arborizado mais próximo da aldeia. Naquela ocasião, não sabia a que horas da noite conseguiria sair de casa, nem o tempo que disporia até chegar a um esconderijo. Se fugisse em qualquer outra direção, os homens o avistariam a centenas de metros de distância. Ali, pelo menos, contava com a proteção das oliveiras. Dentro do lote, optou pela extremidade norte porque era o ponto de onde teria uma visão mais ampla da planície que precisaria enfrentar.

Tirou a roupa e estendeu-a em uns galhos baixos para tomar ar. Sentiu a pele tumefata e fedorenta. Pombas-trocais revoluteavam entre as copas à procura de um refúgio onde pudessem passar a noite. Esfregou o corpo com terra seca como se fosse um elefante, e, no mesmo instante, suas sensações melhoraram. Tirou o embornal do buraco e caminhou ao longo da linha de oliveiras que lindavam com a planície até encontrar uma que lhe pareceu mais apropriada. Sentou-se nu no chão e apoiou as costas no tronco lenhoso da árvore. As pedrinhas se cravavam em suas nádegas e a casca espetava suas costas. Quando se acomodou, procurou no embornal e tirou um pedaço de queijo duro e um pão dormido. Engoliu o queijo enquanto contemplava a noite tomando conta da Terra. Por cima dele, as pombas arrulhavam nas copas das oliveiras. Roeu a côdea com as mãos gordurosas e, quando a deu por terminada, ameaçou atirá-la longe, mas deteve o braço antes que o pedaço voasse. Pensou nas vozes dos homens que o haviam chamado pela manhã. Virou-se para o olival e imaginou as figuras escuras daqueles que o procuravam e como gritavam em silêncio seu nome. Virou, então, o corpo para a planície e guardou o que sobrara no embornal. Continuava sentindo fome e revirou de novo suas coisas, sabendo que, devorado o queijo, só lhe restava meio salsichão seco. Pegou-o e levou-o ao nariz. Fechando os olhos, deixou que os aromas da pimenta e da canela o penetrassem. Lambeu a barra de carne e ameaçou mordê-la, mas sentiu outra vez as sombras daqueles que o perseguiam, e não teve outro remédio senão guardar o embutido para um momento de maior necessidade que, não restava dúvida, logo chegaria.

Ficou durante um bom tempo passando a língua nas gengivas para tentar lavar a ardência que o queijo curado lhe deixara. Mordeu um pedaço de pão, bebeu água do odre e depois deitou-se no chão, apoiando a cabeça em uma raiz sobressalente da oliveira. O céu era de um azul escuríssimo. As estrelas no alto pareciam incrustadas em uma esfera transparente. Diante dele, a planície sacudia o sofrimento que o sol lhe causara durante o dia, exalando um cheiro de terra queimada e pasto seco. Uma coruja branca passou por cima de sua cabeça e perdeu-se entre as copas das oliveiras. Pensou que se encontrava no lugar mais distante da aldeia em que estivera ao longo de toda a sua vida. Aquilo que se estendia diante das plantas de seus pés era para ele, simplesmente, terra incógnita.

2

Andava em direção ao norte no meio da noite, procurando evitar os caminhos. A calça ainda estava úmida, mas essa era uma coisa que não o preocupava mais. Avançava pelos barbechos, procurando os restos de palha que haviam sobrado da última ceifa. Espantou uma perdiz ao passar e sentiu o esperneio das lebres que fugiam do rangido de suas botas. Transposto o olival, não tinha outro plano além de manter seu rumo. Sabia reconhecer a Via Láctea, o W da Cassiopeia e da Ursa Maior. A partir dela localizou a Estrela Polar e dirigiu seus passos para lá.

Embora não estivesse fugindo nem havia um dia, sabia que esse tempo era mais do que suficiente para que o medo já estivesse correndo pelas ruas da aldeia, a caminho da casa de seus pais. Uma torrente invisível que arrastaria as mulheres até acalmá-las em torno da mãe, enrugada como uma batata velha, estendida murcha na cama. Imaginou a agitação na casa e na aldeia. Gente encarapitada na mureta de pedra com a esperança de avistar alguma coisa no interior através da porta entreaberta. Visualizou a motocicleta do aguazil estacionada diante da entrada: uma robusta máquina com *sidecar*, com a qual percorria a aldeia e os campos, deixando nuvens de poeira e estrondo atrás de si. O garoto conhecia bem aquele *sidecar*. Havia andado nele muitas vezes, coberto por uma manta empoeirada. Vieram à sua memória o cheiro de graxa sob a lã e os arremates de verniz craquelados ao redor da peça. O ruído daquele motor era, para ele, a trombeta do primeiro anjo. Aquela que misturou fogo e sangue e os lançou sobre a Terra até queimar toda a erva verde.

    O aguazil era o único a dispor de um veículo a motor na comarca e, até onde sabia, somente o governador possuía um veículo de quatro rodas. Ele nunca o vira, mas ouvira centenas de vezes a história de quando visitara a aldeia para inaugurar o silo de grãos. Aparentemente, as crianças o receberam agitando bandeirinhas de papel e, na celebração, foram sacrificados vários cordeiros. Aqueles que testemunharam a inauguração descreviam o automóvel como se fosse um objeto mágico.

Deslocando-se, minúsculo e escuro, no meio daquela negrura maior, ele se perguntou se haveria algo na linha que ligava a sua posição com aquele norte total que lhe pudesse ser conveniente. Talvez árvores frutíferas à beira dos caminhos, fontes de água limpa, longas primaveras. Não conseguiu definir um objetivo exato, mas não se importou. Ao se dirigir para o norte, afastava-se da aldeia, do aguazil e de seu pai. Estava avançando, e isso lhe bastava. Pensou que o pior que poderia lhe acontecer seria dilapidar suas limitadas forças avançando em círculo, ou, o que dava no mesmo, aproximando-se dos seus. Sabia que, mantendo invariável o rumo, mais cedo ou mais tarde encontraria alguém ou alguma coisa. Era somente uma questão de tempo. No máximo, daria a volta ao mundo e tornaria a topar com a aldeia. Então, já seria indiferente. Seus punhos estariam duros como uma rocha. Mais: seus punhos seriam de rocha. Teria vagado quase eternamente e, mesmo que não tivesse encontrado ninguém, teria aprendido de si e da Terra o suficiente para que o aguazil não pudesse humilhá-lo de novo. Perguntou-se se seria capaz de perdoar nessas circunstâncias. Se, tendo atravessado o gélido polo, os bosques sombrios e outros desertos, ainda arderia nele a chama que o queimara por dentro. Talvez, então, o desamparo que o havia expulsado do lar que Deus lhe designara já tivesse se dissipado. Talvez a distância, o tempo e o contato incessante com a terra limassem as suas asperezas e o acalmassem. Recordou o globo terrestre de cartolina que havia na escola. Uma esfera grande que mal se mantinha em pé de tão amplo que era o seu pedestal de madeira. Olhando-o, era fácil saber o lugar em que estava na planície, porque os dedos de várias gerações de crianças haviam desgastado, ano após ano, o ponto onde ficava a aldeia, até apagar o país inteiro e o mar que o cercava.

Divisou ao longe o que parecia uma fogueira e perguntou-se a que distância estaria. Deteve-se e tentou calcular, mas foi impossível medir em meio à indecifrável escuridão em que se encontrava. Pensou que aquilo que via como uma fogueira distante bem poderia ser a chama de um fósforo alguns metros mais à frente ou até uma casa inteira ardendo a quilômetros dali.

Como um índio fascinado pelos ouropéis que o conquistador lhe apresenta, dirigiu-se àquele único ponto luminoso da superfície pela qual transitava. Durante mais de uma hora caminhou sobre torrões de argila e pedras. A brisa soprava a seu favor, o que significava que quem quer que tivesse acendido a fogueira, se tivesse cães, não o descobriria, a menos que fizesse barulho. Aproximava-se do ponto luminoso sem um objetivo claro. Poderia tratar-se de um pastor, de um tropeiro ou de um bandoleiro. Acreditava que, à medida que fosse se aproximando, a luz da fogueira lhe forneceria informações. Assustava-o a ideia de encontrar um delinquente. Tampouco sabia se ao redor do fogo estariam dormindo cães sarnentos. Sabia, no entanto, que precisaria da comida e da água de quem tivesse acendido a fogueira. Se iria pedi-las ou se teria de roubá-las era uma coisa que resolveria quando soubesse quem seria obrigado a enfrentar. Ouviu um coro de chocalhos vindo da direção do fogo, e isso o tranquilizou. Mesmo assim, percorreu os últimos metros com cuidado absoluto. Caminhava pousando as solas dos pés como se estivesse em um lagar de pétalas de rosas. Quando estava perto do acampamento, encontrou um pequeno bosque de figueiras-da-índia e parou atrás dele para observar.

 Do outro lado do lume, havia um homem deitado no chão. Embora seu rosto estivesse virado para a luz, não conseguiu distinguir sua idade porque a manta cobria todo o seu corpo, dos pés ao cocuruto. Um suave resplendor como uma brasa distante começava a se elevar pelo horizonte, revelando formas arbóreas que a noite ocultara. Achou que distinguia as silhuetas de alguns choupos e concluiu que o rebanho também parara ali por causa das árvores. Uma cabra emergiu do fundo da escuridão e passou por trás do pastor até desaparecer de novo nos bastidores do amanhecer. Seu chocalho descreveu uma linha de sons no ar como se fosse uma corda cheia de nós. Em um lado, um burro descansava com as patas flexionadas sob o peito. Espalhados por toda parte, distinguiu corpos imóveis de cabras que logo despertariam. Aos pés do homem havia um embornal e um pequeno cão dormindo enroscado.

INTEMPÉRIE

A luz tênue do fogo agitava as sombras como se fossem chamas negras. O garoto enfiou a cabeça por entre as folhas para tentar distinguir os traços do homem. Sentiu uma fisgada no braço e contraiu-o contra o corpo. A fivela do embornal estalou ligeiramente. O cão abriu os olhos e levantou as orelhas pontiagudas. No mesmo instante, ficou em pé e farejou o ar em todas as direções. O garoto manteve o braço grudado no corpo com a outra mão por cima, como se o membro delator tivesse vida própria e fosse se atirar nos espinhos da figueira-da-índia. O cão começou a se movimentar, primeiro ao redor do pastor, e depois, ampliando o raio, aproximou-se do lugar em que estava o garoto. Observando-o aproximar-se, não lhe pareceu muito feroz, embora soubesse que nunca deveria confiar naquele tipo de cachorro. Na aldeia eram chamados de *garulos*. Animais sem estirpe, apequenados pelos infinitos cruzamentos genéticos e com os traços raciais desvirtuados. Quando o animal estava a alguns metros, deteve-se e, então sim, dirigiu seus sentidos ao pequeno bosque de figueiras-da-índia. Farejou o ar e, de alguma maneira, saiu do estado de alerta e circundou o intruso balançando o rabo, curioso. Quando o descobriu, não se assustou nem latiu. Ao contrário, aproximou-se e cheirou a mão que o garoto lhe oferecia para evitar que latisse. Lambeu-a e, com esse gesto, o medo do garoto de ser delatado evaporou-se. Era como se seus aromas terrosos ou a urina de que estava impregnado aproximassem-no do mundo do cão. Segurou a cabeça do animal com as duas mãos e o acariciou, metendo os dedos por baixo da mandíbula. Durante um tempo, o garoto manteve o cão quieto com as suas carícias. O tempo que precisou para decidir percorrer o trecho que o separava do embornal aos pés do homem.

Abriu o dele e tirou o meio salsichão que lhe restava. Deixou o cachorro sentado, entretido em chupar o pedaço de carne seca, rodeou seu refúgio e começou a caminhar com cuidado em direção ao embornal. A luz da fogueira projetava sua sombra flamígera contra as figueiras-da-índia às suas costas. Enquanto se aproximava, sentiu medo e quis recuar e caminhar por onde viera. Retirar-se-ia para um lugar seguro e esperaria que amanhecesse para reconsiderar as suas opções. Atrás das figueiras-da-índia, o cão mordiscava toda a comida que lhe restara, e entendeu que já não havia como recuar.

Retomou a ideia inicial, tão simples quanto aterradora. Aproximar-se-ia em silêncio do embornal, puxaria suavemente a correia e o arrastaria até ele no meio do coro de balidos. Sabia bem que não deveria procurar o rosto do homem porque isso seria uma provocação e uma indecência. Salvo a comida que agora o cão terminava, nunca roubara nada de um adulto e, se agora o fazia, era porque não tinha outro remédio. Em sua casa, as pedras das paredes impunham uma lei ancestral que ditava que as crianças deviam olhar para o chão quando eram surpreendidas fazendo alguma coisa indevida. Deviam mostrar a nuca, dóceis como oferendas ou vítimas propiciatórias. Dependendo da gravidade do delito, os pescoções seriam todo o castigo ou somente o preâmbulo de uma surra maior.

Quando já estava perto do homem, tornou a hesitar e considerou a hipótese de não roubar o embornal. Simplesmente aguardaria ao lado das brasas até que despertasse. Depois se revelaria a ele como o que era: um garoto indefeso que não representava qualquer ameaça. Pensou que, com sorte, o homem seria um pastor de outra comarca, que chegara ali à procura dos restos da última ceifa. Habituado à solidão, talvez até ficasse grato por lhe fazer companhia. O homem lhe ofereceria um pouco de comida e algo para beber, e depois cada um seguiria o seu caminho.

De repente, sentiu algo arfar às suas costas que o deixou petrificado. Permaneceu quieto, com os músculos paralisados pelo vazio que o medo lhe causava. Desapareceram o pastor, o embornal e o rebanho. Foram levados pela mesma escuridão em que sua mente se dissolvera. Tremeu, seu estômago deu os primeiros sinais de ressurreição, sentiu uma coisa dura empurrando suas costas e, sem o desejar, olhou. O cão o procurava com o focinho. Trazia entre os dentes a corda do salsichão. Respirou fundo, procurou um apoio no chão e voltou a si.

O embornal era de couro grosso. Cheirava a cebola seca e a suor. Agarrou com os dedos a correia e puxou-a suavemente. Sentiu o peso da bolsa ao começar a arrastá-la, e isso o levou a esquecer de uma vez por todas suas cautelas. Sua mente se encheu de imagens de comida, e tudo o que o cercava foi substituído pelo que imaginava haver dentro dela. Conseguiu deslocar alguns centímetros seu botim, em um silêncio quase absoluto, até que deu um puxão mais ambicioso, e o respaldo firme do embornal vibrou sobre os seixos como o couro de um tambor.

— Aonde você vai com isso?

A voz rouca do outro lado do lume paralisou-o e iluminou a careta em que seu rosto se transformara. Um ator do cinema mudo ou uma criança a quem a culpa surpreende pela primeira vez.

— Estou com fome, senhor.

— E não lhe ensinaram a pedir?

Naquele momento, teria preferido sair correndo com o embornal e deixar o homem ali, falando sob a sua manta. Perguntou-se, então, se o cão seria menos amigável. Ainda não sabia nada de lealdade nem do tempo que passa entre os seres e os une com pespontos cada vez mais apertados.

— Ajude-me a me levantar, rapaz.

O garoto deixou cair a correia de couro e se aproximou com passos curtos. A poucos metros se deteve e contemplou o corpo semiagasalhado. Estava com o rosto tapado pela manta, mas se viam as pernas desde os joelhos. O homem se mexeu devagar embaixo de sua manta, talvez para abotoar a calça ou procurar seu isqueiro, e, quando sua cabeça apareceu, o garoto já estava atrás das figueiras-da-índia. Durante o tempo que permaneceu escondido, uma claridade mínima começou a perfilar alguns recantos do acampamento. Comprovou que, como havia imaginado, as árvores eram choupos e reconheceu em suas copas as marcas da estiagem. Contou nove cabras e um macho. Reparou numa construção na qual não havia prestado atenção antes: uma cabana piramidal erguida com galhos cortados das árvores ao fundo. De suas paredes pendiam cilhas, cordas, correntes, uma leiteira de ferro e uma frigideira enegrecida. Mais que um refúgio, parecia uma espécie de tabernáculo. Entre a casinha e os choupos havia um cercado de esparto trançado, sustentado por quatro paus fincados no solo.

Durante a sua vigilância, o pastor só teve tempo de se sentar no chão e enrolar um cigarro. Levou vários minutos para se sentar, porque a manta havia se enrolado e travava suas pernas e cotovelos. Embora não pudesse distinguir bem seus traços, por sua maneira de se movimentar ele supôs que devia ser um homem de idade avançada. Um velho magro que dormia vestido. Um paletó escuro com lapelas grandes, os cabelos grisalhos revoltos em uma espécie de pincelada branca cobrindo seu rosto por baixo do nariz.

INTEMPÉRIE

O pastor viu o garoto sair de trás das figueiras-da-índia, mas não lhe deu atenção porque estava entretido soprando o pavio de seu acendedor. Quando se encontrava a dois metros do homem, o garoto se deteve. A essa distância, pôde notar seus cabelos sujos de palha e os rasgões nos cotovelos do paletó. Estava sentado no chão com a manta tapando suas pernas, e o garoto se surpreendeu que ele conseguisse manter a posição encurvada das costas. O velho levantou o rosto e ficou olhando para o garoto. Mantinha o cigarro em uma orelha e, com a palma da mão, tapava o pavio laranja. Então, o pastor fez um gesto que o garoto tornaria a ver muitas outras vezes. Formou um V com o polegar e o indicador, e limpou a saliva da comissura dos lábios com a ponta dos dedos. Depois deslizou o indicador pelos mesmos lugares, como se quisesse afastar da boca os pelos soltos de seu bigode desalinhado.

— Sente-se, que vai comer.

O homem apontou com o dedo para diante de seus pés e o garoto se sentou no chão, no lugar que o velho lhe apontara. Durante um tempo, o pastor continuou girando a roda e soprando a corda sem conseguir acender a chama. O garoto observava-o em silêncio com a boca entreaberta, espantado com a imperícia do velho, que nem sempre conseguia bater no lugar exato da roda com a força adequada. As mãos do garoto se movimentavam sozinhas porque havia usado muitas vezes um artefato como aquele.

Quando o velho conseguiu finalmente acender o cigarro e deu as primeiras baforadas, apoiou a mão livre no chão e relaxou as costas como se, enfim, tivesse se livrado de um trabalho necessário. Assoviou, estirando os lábios, e o cão se levantou e correu até a zona onde o rebanho se espreguiçava. Em certo momento, o animal rodeou um grupo de cabras pardas e conduziu-as até o pastor. Sem sequer se levantar, o homem prendeu uma delas por um dos cascos traseiros, usando uma vara que tinha um gancho abaulado na ponta, e a arrastou para si. Segurando o animal com uma das mãos, afastou a manta e juntou as pernas. O garoto assistiu à manobra surpreso diante da repentina perícia de um homem que, um momento atrás, precisara de um tempo interminável para acender um cigarro. Quando o traseiro da cabra ficou diante de seu rosto, o pastor colocou uma panela de latão embaixo dos úberes. Os primeiros jorros, espessos, fizeram o metal cantarolar. Quando obteve o suficiente, açoitou a cabra, e esta saltitou até o lugar onde estavam as outras. Depois, estendeu a tigela em direção ao garoto e, ao ver que ele não se mexia de onde estava, deixou-a no chão e continuou fumando.

 Roeram em silêncio pedaços de queijo úmido, tiras de carne seca e um pouco de pão duro. O pastor dava longos goles em seu odre de vinho, e o garoto se perguntava quando ele iria querer saber quem era e o que fazia naquele lugar. Tinha medo de que a notícia de seu desaparecimento tivesse chegado até ali, porque sabia que, por mais penosa que tivesse sido a sua aventura, ainda não se distanciara o bastante da aldeia. Em um momento, pensou que a acolhida poderia ser uma manobra do velho para retê-lo, enquanto esperava que passasse pelo lugar o grupo que o procurava ou até mesmo o próprio aguazil. Nesse caso, já sabia quais seriam os seus movimentos. Correria na direção das figueiras-da-índia e se agacharia entre elas. Os cavalos ficariam pateando ao redor dos espinhos, sem se atreverem a entrar. Se quisessem levá-lo de volta para casa, teriam de tirá-lo dali arrastado. Teriam de rasgar a sua roupa e sangrá-lo ou crivá-lo de balas montados nos cavalos e, por último, matar a testemunha.

 Quando o velho deu por terminado o desjejum, enfiou a mão no balaio que estava mais próximo e tirou dele uma folha de jornal amassada. Embrulhou alguns alimentos e estendeu o pacote ao garoto, que ficou observando-o até ele se cansar de segurá-lo e, como fizera com o leite, deixá-lo no chão. O pastor guardou o resto da comida no embornal e tornou a pedir ao garoto que o ajudasse a se levantar. O garoto se aproximou e, então, sentiu a mescla de aromas de seu corpo. O halo adocicado do vinho ao redor de sua cabeça e o suor que havia secado em camadas na pele curtida de seu rosto. Em pé não era muito mais alto do que ele. Sua calça estava amarrada por uma corda na cintura e suas botas pareciam de papelão. Depois de ajudá-lo a se erguer, o garoto recuou alguns passos e ficou observando os movimentos do homem, que, à medida que os minutos passavam, iam ficando mais ágeis. O garoto tornou a se surpreender com a facilidade com que se movimentava e como se encurvava para recolher a manta e dobrá-la. Com ela em um braço, assoviou de novo para o cão, que se levantou e se afastou, correndo em direção ao lugar onde pastavam as últimas cabras.

O velho se aproximou da cabana e enfiou a cabeça pela abertura de galhos que fazia o papel de porta. Saiu com uma banqueta de cortiça e um balde. Desprendeu a leiteira de onde estava e levou tudo para junto do pequeno cercado quadrangular. O cão reunira o rebanho e o trazia à base de latidos e ameaças de mordidas. Quando chegaram, o homem abriu um dos cantos do redil e foi obrigando as cabras a entrarem. Quando todas estavam lá dentro, tornou a colocar a estaca no lugar e amarrou os paus com um laço do arame grosso que pendia de um deles. Os animais, apertados, berravam e pisavam-se como se fossem um refogado fervente.

O pastor colocou o balde junto ao canto do cercado que servira de porta. A base do recipiente era tão larga quanto a boca e lembrou ao garoto o que usavam em sua casa para esvaziar a privada. O velho colocou o recipiente no chão poeirento e ficou girando-o pela boca até certificar-se de que não dançava. Do seu interior tirou uma enxó e três barrinhas de ferro oxidadas. Limpou os restos de barro da navalha e começou a cravar no chão, cingidos na borda externa do balde, os ferrões metálicos. Quando terminou, constatou que o recipiente, como uma pedra engastada, não saía do lugar. Colocou a banqueta diante da ordenhadeira e se sentou nela. O garoto, quieto em seu lugar, observava a trasfega como se assistisse ao descenso de uma Virgem. A boca entreaberta, os olhos caídos e só a cabeça se mexendo ao ritmo das manobras do pastor.

De seu assento, o velho levantou um dos paus do cercado até abrir uma estreita via de saída. Enfiou a mão e enganchou uma cabra pela pata. Tirou-a e colocou-a virada de costas no outro lado do balde. Agarrou seus úberes, enfiou-os no recipiente e começou a ordenhar. Enquanto trabalhava, o homem olhou para o céu e o percorreu como se procurasse sinais de chuva. O garoto, como um pantógrafo, ampliou na distância os movimentos do velho e também percorreu o céu com o olhar. A abóboda se aclarava sobre suas cabeças extinguindo as últimas estrelas. O sol, iminente atrás das colinas do leste, sairia em pouco tempo. Nem rastro de nuvens.

O garoto tornou a olhar para o pastor. Estava com a cabeça quase enfiada no traseiro do animal e puxava os úberes bruscamente. Pareceu-lhe que o velho estava nervoso. A cabra, inquieta, escoiceou o balde e tentou sair correndo, mas o pastor impediu-a, prendendo suas patas em duas barrinhas de ferro. Quando terminou a ordenha, liberou o animal, que fugiu em direção aos choupos, onde se tranquilizou mordiscando as pontas dos galhos mais baixos.

INTEMPÉRIE

Uma por uma, todas as cabras foram submetidas à ordenha. O garoto viu o balde se encher e se perguntou o que o pastor faria com tanto leite no meio daquele deserto. Quando a faina terminou, o velho se levantou e levou o balde até onde estava a leiteira. Esvaziou o conteúdo nela e tampou-a. Foi então que se virou, dirigindo-se ao garoto:

— Para mim tanto faz se você fugiu ou se perdeu.

O comentário pegou o garoto desprevenido, e ele se retraiu. O velho fez uma longa pausa.

— Alguns homens estão prestes a chegar para recolher o leite.

3

O garoto passou o restante da manhã sob a sombra rala de uma amendoeira murcha. Um exemplar solitário erguido sobre um linde velho que as últimas araduras haviam levantado por um e outro lado. Dali tinha uma boa visão panorâmica dos arredores e, caso a patrulha se aproximasse, poderia se esconder facilmente ou até mesmo escapar, arrastando-se ao longo do linde. A poucos metros de onde estava sentado, o caminho continuava descendo em direção ao norte. Durante o tempo em que esteve ali, percorreu-o várias vezes com os olhos. Primeiro, um olival abandonado, à direita. Depois, uma curva em declive a partir da qual subia uma ladeira com uma palmeira no alto e o que achou ser uma figueira um pouco mais longe. Mais além, o caminho assomava e se escondia entre as ondulações do terreno, até desaparecer pela última colina a três ou quatro quilômetros em direção ao norte.

Lembrou seu encontro com o pastor. O cão cheirando sua mão e o homem fumando encurvado, com a manta em cima das pernas. Ao meio-dia, uma gota de suor escorreu pela sua testa até cair sobre o tecido da calça, de onde desapareceu em um instante. Tirou a camisa, estendeu-a diante dele e verteu sobre ela o conteúdo de seu embornal. Separou seus pertences dos víveres que o pastor lhe deixara: três tiras de carne, tensas como o afiador de um barbeiro, uma casca de queijo para roer, um pedaço de pão e uma lata de quarto de quilo vazia. "Vai lhe ser útil", dissera-lhe o velho pela manhã, atirando-a a seus pés.

"Vai lhe ser útil", repetia sob a sombra clara. Por que não lhe dera água diretamente? Acaso abundavam mananciais pelas cercanias e teria deduzido que até um garoto como ele os encontraria? Era um convite ao reencontro? Beberia leite nela na próxima vez que se encontrassem?

Sede.

Com o sol a pino, tornou a enfiar tudo no embornal, vestiu a camisa e partiu. Caminhou até a curva e, antes de começar a descer, abandonou a estrada e subiu pela ladeira até chegar à palmeira. Seu tronco estava esburacado, e do alto pendia um grande galho sem vida. A sombra da copa projetava-se contra o solo, deixando o tronco justo no centro da mancha. Pegou o embornal e limpou um pedaço do terreno, afastando folhas e pedras. Como fizera anteriormente, tirou a camisa e estendeu-a como se fosse uma toalha na parte limpa. Tirou os alimentos do embornal, ordenou-os sobre o pano e sentou-se para comer. Roeu a côdea, tentando afastar a ideia de que não tinha água. O queijo, rançoso e úmido, formou uma película em seu paladar que não lhe deu mais descanso porque a sensação acre que lhe provocava só poderia ser lavada com água. Arranhando o céu da boca com a língua, ficou de pé. Perto da árvore, inspecionou as ruínas de uma velha construção de adobe que o sol e o vento haviam erodido até transformar seus muros em um rego de argila sobre o chão. Reconheceu a planta retangular de uma moradia com um único aposento, como era costume na província, e recordou sua casa nos arredores da aldeia.

Agora, sozinho debaixo do sol, contemplava aquele perímetro de dois palmos de altura com as bordas achatadas, como se fosse uma cratera com quatro cantos. Subiu em uma delas e esquadrinhou os contornos à procura de sinais que delatassem a presença de seus perseguidores ou de qualquer outra pessoa. O território ondulava levemente em todas as direções e, ali de onde olhara, a visão plana se deformava pelos efeitos do aquecimento do solo.

Procurou pelos arredores da ruína vestígios de algum poço. Deduziu que quem construíra a casa devia tê-lo feito sobre um manancial ou uma correnteza subterrânea. Sem se dar conta, com o olhar atento ao chão, foi ampliando o raio de sua exploração, até chegar à figueira que havia divisado da amendoeira. Surpreendeu-o que ainda conservasse folhas verdes naquela época do ano e que o aroma que exalava não fosse o de erva seca. Ficou encantado pelo cheiro adocicado dos figos ausentes e, inconscientemente, alguma parte dele se agitou em uma recordação agradável. Talvez uma tarde de verão brincando embaixo da figueira da estação ferroviária, em momento ainda imaculado. Escondido entre os galhos tenros e os figos maduros. Embriagado pela abundância labiríntica e cavernosa das polpas quentes. As cores da maturação, a fina pele como uma fronteira delicadíssima ou um fraco pretexto das ondas de calor para que aguentasse até que alguém a tocasse.

Fez uma breve pausa sob a sombra cheirosa e deu prosseguimento à sua pesquisa. Atrás da figueira, encontrou o esqueleto de uma torre de metal estendida no chão. Esquadrias de ferro corroído unidas por rebites, ao final dos quais distinguiu os aros que, algum dia, deviam ter sustentado pás de madeira. Pareceu-lhe um moinho de poço. Tateou com a ponta do pé a consistência de seu achado, e a estrutura se desconjuntou. Em um primeiro momento, surpreendeu-se por não ter avistado os restos quando estava ao lado da amendoeira, mas, observando de perto o rego de escamas de óxido e resíduos de ferro, o que na verdade o espantou foi que alguém tivesse construído um moinho tão baixo. Pensou que, com alguns metros a mais, talvez tivesse conseguido recolher o ar das camadas mais altas, girar em outra velocidade e assim trabalhar para o granjeiro e sua família. Talvez dessa maneira não tivessem sido obrigados a partir, e o que agora era uma minúscula colina de adobes erodidos poderia ser ainda um lar. Perguntou-se como não haviam se dado conta de algo tão banal, e a primeira coisa que supôs foi que o granjeiro não tivera ferro suficiente à disposição. Por que não o fizera, então, de madeira? Que tipo de pessoa se assentaria em um lugar como aquele com uma visão tão curta? A julgar pelo estado da estrutura, sua solução chegava com muitos anos de atraso, mas, de qualquer maneira, quem iria perguntar a um garoto sobre as dimensões de um moinho como aquele?

Ao se colar no palato, a língua devolveu-o à realidade. Havia chegado até ali à procura de água. Ao pé de onde devia ter estado a torre, os restos de uma figueira morta se emaranhavam entre as barras de uma grade. Pela abundância de galhos entrelaçados, deduziu que, em outros tempos, sobrara água sob as suas raízes. Cipós roliços que haviam crescido bulbosos entre os buracos do gradeamento até se fundirem uns nos outros como se fossem de gelatina. Palmo a palmo, inspecionou o centauro até que encontrou um buraco ferruginoso que ainda não havia sido colonizado pelos cipós. Tentou olhar através do orifício, mas não distinguiu nada na escuridão do outro lado. Uma corrente de ar frio e úmido brotava do orifício. Pensou que talvez, apesar de tudo, tivera sorte. O pastor o teria levado até ali quando lhe entregara a lata?

Procurou um seixo que coubesse no buraco e o deixou cair. A pedra não demorou a chegar ao fundo, mas, para o garoto, que sonhava com um ruído de água clara e fresca, o tempo se dilatou até despertar muito depois de a pedra ter concluído sua queda. Atirou um outro seixo e, aí sim, esperou, com os cinco sentidos empenhados na manobra. O fundo devolveu um som ensurdecedor. Sem rastro de salpicaduras nem do rangido aquoso dos poços cheios. Tampouco ouviu ruído de pedras, e o garoto pensou que, em suma, o fundo do sima seria um lodaçal pastoso produzido por alguma corrente subterrânea em retirada.

Voltou à palmeira, acalorado. A sombra da copa alta já abandonara a camisa. A casca de queijo despejava sua gordura no tecido, formando uma mancha como se fosse um recife de corais. A lata ardia e somente as tiras de carne pareciam não ter sofrido a intempérie solar. Guardou os víveres no embornal, vestiu a camisa e se preparou para descansar embaixo da sucinta sombra à espera de que a tarde perdesse força.

As horas passavam lentamente e, embora estivesse com fome, nem tocou a comida porque sabia que, se comesse, sentiria mais sede. De vez em quando, vinha-lhe à cabeça o tonel da casa. Nele guardavam a água da chuva que o telhado recolhia nos dias em que caía alguma coisa do céu. Apesar de isso não ocorrer havia meses, sempre estava cheio. Sua mãe se encarregava de ir ao cano da praça com um cântaro de uma arroba para que o nível da água não descesse da marca que havia no interior da cuba. Era uma ordem do pai. Ia até a praça e dali caminhava ao longo da fila de cântaros que as mulheres haviam deixado à espera de sua vez. Quando chegava ao final, colocava seu cântaro e retornava à casa para continuar com seus trabalhos. De tempos em tempos, ia até o lugar onde deixara o cântaro e, à medida que os que estavam na frente iam sendo enchidos e retirados, aproximava-o do cano. E embora quase todos os cântaros fossem filhos das mãos do mesmo ceramista, todo mundo sabia de quem era cada recipiente. As mulheres que se cruzavam pelos becos murmuravam entre si para saber onde estava a fila ou se o caudal do cano havia crescido nas últimas horas. Durante o verão, o jorro da fonte, já por si só raquítico, adelgava um pouco mais até se transformar em um fio lamentável e desesperador. Mesmo assim, a mão acudia ao cano cada vez que o nível do tonel baixava além da conta. Recordou a tarde em que o pai irrompeu onde estavam e levou a mãe, apertando o cotovelo dela. Colocou-a diante do tonel e, sacudindo-a, puxou sua navalha. A mãe abriu a boca e depois a escondeu nas dobras do seu lenço preto. O pai cravou a ponta de aço no interior da cuba, rasgando-a até que a fenda ficasse suficientemente profunda, e partiu. Então, a mãe, sozinha, se apoiou na barriga do tonel e se deixou cair. Uma mancha de lascas e serragem ficou flutuando na lâmina de água negra.

Contemplando a copa quieta da palmeira contra o céu azul, perguntou-se por que seu pai tinha essa necessidade de monopolizar a água. Pensou que talvez a entesourasse para vendê-la a preço de ouro no dia em que o cano dissesse basta. Talvez quisesse proteger sua família em caso de voltar a haver uma seca extrema e transformar-se no último dos homens a abandonar a aldeia. A opressão estava gravada no interior da barrica como uma ferida aberta na madeira na qual se enganchavam tufos viscosos. Uma marca oculta ou um código secreto. Uma fenda que era como uma adaga que assomava das entranhas do tonel exclusivamente para a garganta da mãe.

Apesar de ter passado a noite caminhando, sabia que não devia adormecer. O sol acabaria declinando, mas em seu avanço afastaria a sombra da palmeira e o deixaria desprotegido. Esticou-se na borda oriental, pensando em mudar de lugar quando toda a mancha de sombra tivesse passado por cima dele. Do chão, ergueu a cabeça e olhou para os lados querendo calcular o lugar em que finalizaria seu percurso réptil. Depois, tornou a colocar a cabeça no lugar e se deixou ninar pelo chocalhar das palmas secas que se esfregavam nas alturas.

Adormeceu.

Quando despertou, já estava havia quase duas horas exposto ao sol. Sentiu que a pele da cabeça estava retesada do queixo ao couro cabeludo. A raiz de cada pelo experimentava uma angústia microscópica que, multiplicada, causava-lhe desconcerto e rigidez. Um zumbido elétrico azul-cobalto inflamava seu cérebro e achou que a cabeça iria explodir. Rastejou de quatro até a sombra da palmeira e deixou-se cair. A poeira fugiu sob seu corpo, formando uma nuvem em miniatura.

Em seu delírio, uma rede de curvas viscosas se agita sobre um leito gorduroso. Não há um horizonte propriamente dito, mas uma fonte de luz avermelhada se desvanece em algum lugar da cena. A escuridão vence a batalha. Os matizes vão se perdendo, e os poros cerebrais, colapsando. Em algum momento, dentro de sua cabeça, há uma circunvolução que desperta, e o alerta adquire uma forma embrionária. Sua vontade abre caminho como um Laocoonte através da penumbra úmida de seu cérebro até que sua consciência se torna total. Na cadeira turca de seu crânio, ele ou alguém que vive em seu interior se senta e assume o comando de seu corpo. Ativa os órgãos e abre torneiras para que o sangue volte a fluir através dos condutos colapsados pelo vazio repentino. O menino da cadeira manda que ele abra os olhos, mas nem consegue erguer as pálpebras. Uma onda estranha e minúscula percorre sua testa como se fosse uma lixa de saliva que arranhasse a pele dolorida. De novo, tenta levantar as pálpebras, sem resultado. Pesam como cortinas de brocado. Gritos infernais empurram as paredes de sua cabeça de fora para dentro. Percebe a vibração em suas têmporas membranosas e sente seus olhos flutuarem nas órbitas como cubos de gelo em um copo. Quem está sentado dentro de seu crânio busca alternativas. Viaja pelo interior de seu corpo vazio até chegar às pontas dos dedos. Lança às extremidades descargas elétricas e as chuta, sem conseguir movimento algum. A lixa quente percorre seu rosto e penetra seus dentes e gengivas. Definitivamente, está preso em sua cabeça e só lhe cabe aguardar a morte. Ouve o tilintar de campainhas submersas em gordura. Passos que se aproximam, apertados e lentos. Alguém descobriu seu corpo e talvez possa enterrá-lo. Por mais terrível que seja a sua agonia, pelo menos assim não será comido pelos cães. Uma morte provocada por dentadas imundas nas falanges. São arrancadas pela raiz ou mastigadas in situ. Depois, as palmas das mãos. As pontas das línguas limpam os espaços entre os grossos tendões do polegar. O rangido do rádio como se fosse uma mansa pirotecnia óssea. Os ossos esfarpados flutuando nas fibras musculares que pendem. Não há dor em nenhum momento e tudo se limita a esperar, raivoso ou paciente, que as dentadas alcancem os centros de poder. Se há morte que chegará por uma mordida infecciosa ou por um rasgamento nos ventrículos, é algo que carece de importância. Conta apenas a incapacidade de levantar o corpo e, ainda com as mãos semidevoradas, acabar com a orgia de cães e micróbios. Alguma coisa sacode seu rosto. Uma mão, talvez. Em seguida, um golpe. O menino que está dentro do garoto se agita, agarrado à cadeira. No abalo sísmico interno, sem querer, aciona algum mecanismo oculto e consegue abrir os olhos dele. O rosto do pastor, a um palmo do seu, interpõe-se entre seu rosto e o sol como um eclipse lunar.

— Rapaz, rapaz! Acorde.

O cão lambia uma de suas mãos com a mesma abrasividade com a qual antes umedecia seu rosto e as gengivas. O hálito azedo do velho queimava seus olhos recém-abertos. Balbuciou enquanto seu olhar se fundia entre os cenhos do pastor até pousar sobre um grão sebáceo plantado como um poste fronteiriço entre uma sobrancelha e outra. O homem estava com a testa cheia de gotas de suor, e algumas delas lhe caíram sobre o nariz, rodando por sua pele como lágrimas de outro. O velho recuou alguns metros e procurou alguma coisa em um dos alforges que o burro carregava. Voltou até o garoto e ajoelhou-se ao seu lado com uma lata na mão. Não precisou abrir sua boca porque o sol esticara tanto a sua pele que agora era uma autêntica pele curtida. O tipo de retesamento com que um leitãozinho sai do forno. O pastor teve a precaução de verter o líquido pousando a borda da lata na comissura dos lábios, mas o cão, que rondava curioso, distraiu-o por um momento e o velho ergueu a lata, fazendo a água cair aos tragos na laringe do garoto, que engasgou e se ergueu como um Lázaro desengonçado. Seu olhar, ausente, ficara enredado em algum lugar de seu pesadelo e, por um instante, pareceu não ser humano. O pastor afastou a lata e virou-se para um lado como se temesse uma explosão iminente. A luz do ocaso avermelhava os contornos das coisas tornando-as reais. O garoto cortou o ar com um grito de quem regressa por um túnel que conecta a vida com a morte. O velho assistiu ao lamento e, por sorte, foi o único a ouvir aquela voz rouca clamando no deserto.

Entre gole e gole de água, com a noite já fechando, o velho perambulou pelo lugar e logo voltou com um molho de ervas e um favo abandonado. Improvisou uma lareira com pedras e acendeu o fogo. Verteu um jato de azeite em uma frigideira enegrecida e fritou folhas de tanchagem e de calêndula. Um cheiro estranho se somou ao coro de aromas que emanavam dos animais e do terreno seco anoitecido. Traços de alcaçuz, orégano e esteva. Terra seca. Restos da figueira cativa. Excrementos e urina das cabras, queijo azedo e alguma bosta fresca do burro a poucos metros, com sua pestilência úmida e morna. Sobre as folhas refogadas, ainda quentes, o velho foi rasgando pedaços da cera do favo e, depois de misturar tudo, empapou com a beberagem farrapos de pano sujo. O garoto, tombado ao lado da palmeira, deixou que o velho lhe envolvesse a cabeça com seu remédio sem chiar, em parte por fraqueza e em parte por necessidade.

Quando o velho acabou de fazer o curativo, estendeu sua manta a uns passos de onde estava o garoto e indicou-lhe que se deitasse em cima dela. O garoto levantou-se e caminhou cambaleando como um junco em cuja ponta tivesse pousado um tordo bem alimentado. O velho havia disposto como travesseiro a albarda de palha de centeio. O garoto apoiou com cuidado a cabeça e acomodou-se sobre a lã puída o melhor que pôde. Dali, percorreu a Via Láctea de um extremo ao outro enquanto ouvia o velho ir e vir e as cabras movimentando-se pelos arredores. A esteira refulgente e pacífica. Identificou as constelações que conhecia e, mais uma vez, projetou a ponta da Ursa Maior que terminava na Estrela Polar. Perguntou-se se voltaria a caminhar em sua direção quando se recuperasse. Sentiu a rigidez dos emplastros do pastor que haviam esfriado sobre seu rosto, uma máscara na qual o velho só abrira buracos na altura dos olhos e da boca. A umidade gordurosa do tecido não se transferia à sua pele, ainda retesada. Pensou naquele revés que, na primeira oportunidade, o derrubara até deixá-lo prostrado sobre a manta de um velho pastor.

Aromas de pão sobrevoaram seu rosto, e sentiu que sua boca salivava. Procurou a origem do cheiro e viu o pastor apagar a pisadelas a pequena fogueira e depois espalhar terra solta por cima até abafar as brasas. Então, o velho caminhou até onde ele estava e ficou parado aos seus pés. No meio da noite, parecia não saber se o garoto estava acordado ou adormecido. Com a ponta da bota, balançou a perna do garoto e, antes que este se mexesse, disse:

— Vamos comer.

— Sim, senhor.

— Não me chame de senhor.

Quando o garoto chegou aonde havia estado a fogueira, o velho já estava comendo. Embebia pedaços de pão ázimo em um recipiente com vinho. Em cima de uma pedra situada do outro lado das cinzas, estava uma tigela de madeira de oliveira da qual saíam fios de vapor. O garoto olhou para o velho como se lhe pedisse permissão para entrar em sua casa, e este assinalou com o queixo a vasilha de leite recém-ordenhado. O garoto sentou-se na pedra e aproximou a vasilha dos lábios. Parte do leite escorreu pelas dobras gordurosas do emplastro. O garoto percebeu, por fim, que a tensão de sua boca cedia ligeiramente e foi capaz de acomodar os lábios à forma do recipiente. Durante um tempo limitou-se a beber o leite com goles pequenos enquanto estudava a figura do velho no outro lado. Olhava-o de soslaio para poder disfarçar se o homem o surpreendesse, mas o pastor estava ensimesmado em seu jantar e não lhe prestava atenção. Em certo momento, o garoto viu na frigideira a metade do pão que o pastor assara. Pensou que o velho a deixara ali para ele, mas não se atrevia a se levantar e pegá-la. Tentou se erguer, mas recuou de imediato, dominado pela vergonha e pelo medo.

— Coma o pão.

O garoto molhou os pedaços em seu leite morno tal e qual vira o pastor fazer. Tinha dificuldade de mastigar e engolir, mas, naquelas circunstâncias, a fome venceu a dor, como sempre acontece. Enquanto raspava a tigela, pensou que era a primeira vez que tomava alguma coisa quente desde que saíra de sua casa duas noites atrás e que também era a primeira vez na vida que comia na companhia de um desconhecido. Ali, com a tigela nas mãos, deu-se conta de que não havia previsto contingências tão básicas como a falta de alimentos ou as verdadeiras condições de vida impostas por uma planície como aquela. Tampouco fazia parte de seus cálculos a ideia de ter de pedir ajuda a alguém e, muito menos, tão cedo. Na verdade, não havia preparado a sua partida. Simplesmente, um dia, uma gota d'água fizera o copo transbordar. A partir desse momento, brotara nele a ideia da fuga como uma ilusão necessária para suportar o inferno silencioso em que vivia. Uma ideia que começou a se formar em sua mente quando seu cérebro ficou pronto para abrigá-la e que não o abandonou mais. Salvo o embornal e a precaução de escapar em uma noite sem lua, não fizera nenhum outro preparativo nem calculara nada. Não obstante, confiava em seus conhecimentos para abrir caminho com desenvoltura. Afinal, ele era tão filho daquela terra quanto as perdizes e as oliveiras. Nas noites que antecederam a partida, enquanto seu irmão dormia ao lado, imaginava-se preparando armadilhas para os coelhos nas entradas de suas tocas ou caçando codornas com seu estilingue. Aprendera a tratar dos furões e a prepará-los para a tocaia. Desde que fazia uso da razão, acompanhara o pai quando ia caçar coelhos. Chegavam a um talude ou a um caminho rebaixado no qual houvesse tocas e cobriam todas as saídas com redes. Colocavam-nas cravando aos lados dos buracos longas estacas de madeira. Então, infiltravam o furão por baixo de uma delas e ficavam esperando. Em poucos segundos, o bicho chegava ao lugar onde o coelho estivesse escondido, dava-lhe uma mordida, e este saía disparado por qualquer das entradas da toca. O animal topava com a rede e quando, em sua fuga, a puxava, os extremos atados às estacas prendiam-no em uma bolsa.

Depois, à luz de um fogo como o que o pastor havia acendido, espetaria suas presas e as assaria sob as estrelas e a amável brisa da noite. Não havia pensado na água de que necessitaria nem onde encontrá-la. Simplesmente, não previra um itinerário. Seu mapa mental terminava nos confins da franja de olival situada ao norte da aldeia. Mais além não conhecia nada. Imaginara que, atrás das colinas, haveria infinitos olivais e que poderia ir de tronco em tronco, de sombra em sombra, até encontrar algum lugar mais propício para viver. Depois da última oliveira, no entanto, ficou estremecido pela planície no meio da qual agora estava. Não sabia o quanto se afastara exatamente da aldeia, e os únicos que poderiam informá-lo disso, ou o perseguiam ou, como o velho, quase não falavam.

O pastor terminou seu jantar mordendo um pedaço de queijo fibroso e, quando acabou com ele, levantou-se e caminhou até onde estava o garoto. Diante dele, cortou outro pedaço e ofereceu-lhe, sem lhe dirigir o olhar. O garoto esticou o braço e levou o triângulo à boca. O velho deu uma volta e, rodeando a fogueira extinta, estirou o xairel do burro no chão. Tirou do embornal umas tiras amareladas de bacalhau. Sacudiu o sal mais grosso com a mão e enfiou-as em uma tigela, que encheu de água. Depois, como se estivesse sozinho no mundo, peidou várias vezes e se preparou para deitar-se. O garoto observou a dificuldade do pastor para se agachar e todos os movimentos que fez no chão para acomodar seu corpo ossudo entre os seixos.

O garoto ficou sentado na pedra até muito tempo depois de ter acabado de jantar. Tinha a impressão de que havia entrado de novo em uma casa cheia de normas e precisasse de algum tipo de permissão ou de ordem para poder deitar-se. No outro lado da fogueira, os roncos do velho misturavam-se com o canto das cigarras e dos grilos. A brisa balançava as folhas das palmeiras muitos metros acima do chão, e o garoto as viu dançar sobre o amontoado de galhos mortos que pendiam do tronco. Percorreu o lugar com os olhos e levantou um dedo para procurar uma brisa que não encontrou. Imaginou que lá em cima, na altura da copa da palmeira, corria um ar mais puro do que aquele que circulava rasteiro ao chão e que a árvore devia ter feito alguma coisa para merecer aquele ar balsâmico. Apalpou a máscara gordurosa e sentiu a pele de seu rosto subitamente restabelecida e quente. Algo ele teria feito para merecer aquelas queimaduras, a sua fome e a sua família. "Algo ruim", recordava-lhe o pai a cada instante.

Foi acordado pelo cão, que procurava seu pescoço com o focinho úmido quando começava a amanhecer. O emplastro havia se soltado durante a noite e agora era uma massa disforme e fedorenta ao lado de sua cabeça. Apalpou o rosto e descobriu um par de bolhas nas bochechas. A pele já não repuxava tanto como no dia anterior, mas continuava sentindo-a enrijecida. O pastor estava sentado no mesmo lugar em que havia jantado, mastigando um pedaço de bacalhau do qual gotejava um líquido esbranquiçado. Atacava o odre de vinho com goles longos. O garoto se endireitou até ficar sentado na manta e procurou o olhar do pastor, mas este não lhe deu atenção. A seu lado, a tigela que esvaziara na noite anterior estava novamente cheia, agora de mingau feito com leite recém-ordenhado. Pegou-a e sentiu a tibieza da madeira. Procurou de novo os olhos do pastor e, embora soubesse que não iria olhá-lo, levantou o alimento na sua direção em sinal de gratidão.

Durante o desjejum viu, pela primeira vez, o burro ser arreado. Uma liturgia que ele mesmo haveria de reproduzir pelo resto de sua vida e que, com o tempo, passaria a fazer parte de um ritual maior: o do trabalho e o de viver em trânsito.

O velho agarrou o burro pelo cabresto e puxou-o até que o asno ficou em pé. Sem soltá-lo, colocou em seu lombo uma albarda comprida de lona armada. Em cima, uma manta de serapilheira puída e depois uma albarda de palha de centeio cuja retranca passou por baixo do rabo. Antes de carregar o animal, redistribuiu o recheio de palha, que com o trasfego havia se acumulado nas partes baixas do equipamento. Firmou tudo com uma cilha grossa de esparto que apertou embaixo da pança do animal. Em cima da albarda, estendeu o avental, o que levou o garoto a recordar o momento da missa em que o padre voltava ao altar depois de ter dado a comunhão. Com a ajuda do coroinha, ia empilhando sobre o cálice o corporal, a pátena, o purificador e a chave do sacrário.

Por último, o velho cruzou sobre o mandil quatro balaios de esparto unidos entre si, acomodando dois em cada flanco. O burro, que até aquele momento se mostrara tranquilo, ameaçou dar início à marcha. O velho acariciou sua testa e enfiou os dedos pela crina que assomava entre as orelhas, e o asno voltou a se acalmar.

O pastor distribuiu a carga pelos quatro balaios e, quando todos os seus pertences ficaram acomodados, contemplou o conjunto e suspirou. Reposicionou alguns objetos menores, firmou a trempe e a frigideira e, então sim, soltou a corda.

O cão corria de um lado a outro empurrando as cabras contra o traseiro do asno, que, de vez em quando, escoiceava querendo afastá-las. O velho repassou com o olhar o acampamento e depois contou os animais apontando um a um com o dedo. Ajeitou o sombreiro e esticou a mão para o garoto.

— A manta.

O garoto se levantou imediatamente, recolheu a manta do chão e esticou um braço para aproximá-la. O velho a recebeu e cobriu com ela os balaios. Assoviou para o cão e, como na última vez em que se viram, o animal correu até as cabras mais afastadas e as açulou para que se juntassem. O garoto se perguntou se tornaria a viver um dia como o anterior: desjejum ao amanhecer, caminho e insolação. O velho agarrou o cabresto e deu dois puxões. O asno começou a avançar atrás do pastor bamboleando a carga, e o resto da comitiva os seguiu. O garoto ficou onde estava, vendo o rebanho passar diante dele e como se afastava lentamente com sua algaravia de balidos e chocalhos afinados em todos os tons possíveis. O velho e o burro na frente, o cão enlouquecido e depois as cabras, deixando atrás de si uma esteira de excrementos como se fosse a cauda de um cometa. Quando haviam percorrido vinte metros, o velho se deteve e se virou para o lugar onde o garoto ficara.

— Não vou esperar você a vida inteira.

4

Caminharam algumas horas por terrenos baldios, com o garoto, tal e qual lhe ordenara o velho, sempre grudado no burro. Detiveram-se em um campo abandonado ainda com restos da última ceifa. As cabras se dispersaram e começaram a mordiscar os talos ralos com as cabeças bem perto do chão. O garoto, que cobrira a cabeça com a camisa, ficou observando a cena à sombra do burro. O velho, em pé, girou sobre si até varrer o imenso espaço que os cercava. Com a palma da mão como viseira, entreteve-se por um momento, olhando para o sul. Depois, tirou do embornal sua cigarreira e acendeu um cigarro. Quando acabou de fumar, olhou para o céu limpo e examinou-o de lado a lado. Tirou o chapéu para arejar a cabeça, assoviou para o cão e retomaram a marcha.

Deslocavam-se sobre o solo pedregoso em um ritmo tão lento que nem sequer levantavam poeira. Ali por onde passavam, os restos de sulcos e heras falavam-lhes de desolação. Terras lavradas sobre as quais ondulava uma crosta de barro tão ressequida que só cedia ao peso do asno. Hortas velhas parecidas com tábuas de lavar e pedernais desprendidos dos trilhos com suas bordas afiadas e seu aspecto cerúleo. Chegou um momento em que o sol estava tão alto que o burro já não protegia o garoto com a sua sombra. De tempos em tempos, ele mexia na camisa para tentar que cobrisse ao mesmo tempo sua cabeça e suas costas. De vez em quando, olhava para o ancião, para dar-lhe a entender sua agonia, mas o homem, imune ao calor, continuava traçando o rumo como se andassem à margem de um lago de montanha. Em uma ocasião, o garoto se atrasou para ajeitar o turbante. O cão ficou ao seu lado, balançando o rabo e perambulando ao redor como se o acompanhante de seu amo fosse um brinquedo novo. Para acomodar o tecido, o garoto fazia gestos exagerados e bufava de aborrecimento, como se assim a camisa pudesse esticar ou o velho fosse encontrar, no meio do nada, um bosque de faias. O máximo que conseguiu foi que o pastor se detivesse, não para esperá-lo, e sim para fingir que vertia água de um garrafão vazio. Então, o garoto, observando a distância o homem levar o recipiente à boca, parou de ajeitar o tecido que o cobria e apertou o passo para alcançá-lo antes que acabasse com todo o líquido. Quando chegou, com a camisa caindo de sua cabeça de qualquer maneira, o velho estava colocando a rolha no garrafão. Assoviou e prosseguiram.

Finalmente, quando o sol já se tornara insuportável, pararam. Dois amieiros exaustos agitavam folhinhas murchas a poucos metros de uma junqueira, às margens do que devia ter sido um açude. De um lado, uma fileira de arbustos pouco frondosos que crescera ao longo de um sulco distanciava-se do bosque como uma pua sobre a planície. Do outro, sobre o leito seco e quebradiço da lagoa, desenhavam-se linhas como isóbaras formadas por restos vegetais. Testemunhas dos últimos estertores do açude. Restos desidratados de sujeira que as ondas haviam alinhado e que a evaporação terminara de pousar no fundo. A brisa quente do meio-dia fazia os juncos roçarem uns nos outros, espalhando pelos arredores ecos de frágeis guizos de madeira. Ásperas melenas agitando-se como bandeiras de orações, mas sem cavalos briosos, nem joias, nem mantras. Reclamos dirigidos ao céu que, em lugar de espargir bênçãos, pareciam convocar o sol para se imolar com a ajuda de um cristal ou de um raio.

    O pastor levou o burro até os amieiros e começou a descarregá-lo. O garoto ficou observando ausente, como se aquilo não fosse com ele, enlouquecido pela sede ou por não ter contado com aquela parada. As pústulas de seu rosto estavam vermelhas. O velho se virou para ele com as mãos na cintura. O garoto, coberto de poeira, continuava petrificado.

    — Rapaz!

    A voz do pastor arrancou-o da cisma em que se encontrava e, inconscientemente, virou a cabeça para o homem. Parado, o velho olhava-o no rosto pela primeira vez. Seus olhos estavam encovados, protegidos da luz por dois arcos ossudos que ensombreciam suas córneas leitosas. O olhar do ancião penetrou-o e, nesse instante, foi restabelecida a forma pela qual haviam se relacionado até então, da mesma maneira que um cirurgião reduz uma fratura com uma manobra decidida e precisa.

    — Rapaz!

    Ao segundo chamado, o garoto reagiu e correu para ajudar o velho. Foi recebendo os trastes que o homem lhe passava, acomodando embaixo das árvores. Quando terminaram de descarregar o asno, o pastor pegou um dos garrafões e adentrou o juncal abrindo caminho com as mãos. O garoto viu-o desaparecer no meio dos juncos e das espadanas, e as cabras se aproximarem do caminho que abrira. Desarrolhou o garrafão que ficara nos balaios e inclinou-o sobre a lata, mas não saiu nenhuma gota. O garoto olhou para o lugar onde se embrenhara o pastor e, apertando a lata nas mãos, amaldiçoou-o.

Sentou-se encostado no tronco de uma das árvores e percorreu o lugar com os olhos. Pensou no arroio onde eram lançadas as águas fecais da aldeia. Recordou sua pestilência e também os feixes de junco, os ailantos e os caniços que cresciam ao longo dele. Contemplou o estado daquele pequeno bosque pálido como se fosse um fóssil e então ficou em pé avançando ao longo do juncal e inspecionando seus contornos. O cão permaneceu deitado sob a esquálida sombra dos amieiros. Caminhando sobre o fio de água escassa, sentiu o impulso de levantar as pernas para evitar que as bainhas de sua calça ficassem molhadas. Um desejo de água fresca e limpa do qual não tinha plena consciência, ao contrário de suas células, pois era outra a maneira como a realidade as impressionava. Encontrou restos de umidade ao pé de uma tamárice. Uma multidão de pequenas vias fluviais, como um delta em miniatura, que escapavam em direção ao açude ausente. Um fluxo mais além da sombra dos juncos abortado pelo sol e pela terra sedenta. Um esforço inútil escrito nos suaves sedimentos arenosos.

Quando voltou ao acampamento, o pastor já havia organizado o gado, que ia entrando pela trilha que abrira entre os arbustos. Lá dentro, as cabras encurraladas permaneciam durante um momento com a cabeça voltada para o chão e, quando o velho achava que já tinham bastante, espantava-as batendo em seu lombo. Como se os animais formassem um cardume, o buraco deixado pelos que saíam era imediatamente ocupado por outros. Quando o pastor viu o garoto chegar, apontou com o dedo o amieiro no qual o burro pastava. Ao lado do tronco, descansavam os dois garrafões. O garoto se aproximou e balançou-os. Depois tirou a rolha de um, encheu a lata e bebeu. A água lhe soube lodosa. Sentiu que estava engolindo sedimentos e que seus dentes rangiam, mas não se importou.

 Comeram com as costas apoiadas nos amieiros, cercados pelas cabras, o burro e o cão, que se apertavam embaixo das árvores como se mais além da sombra houvesse um abismo. Quando terminaram, o velho se levantou, afastou-se alguns metros e começou a urinar de costas para o acampamento. Ao voltar, desviou-se alguns metros, e o garoto, da sombra, viu como ele se agachava e resolvia algo no solo. Imaginou que amarrava uma bota. O velho voltou às árvores com uma folha de aloé na mão. Sentou-se onde havia comido e, com uma faca sem cabo, descascou a parte mais larga e a entregou ao garoto para que untasse com ela as queimaduras do rosto.

 Passaram a sesta embaixo das copas das árvores. O garoto, besuntando as queimaduras com a polpa transparente, e o pastor, talhando um gancho de madeira que lhe permitisse arrematar uma cilha para o burro. Mais tarde, quando o sol perdeu um pouco da força, o velho pegou uma foice e pediu ao garoto que o acompanhasse até uma plantação de sisal que havia do outro lado do açude. Antes de rodear o pequeno bosque de juncos, o garoto teve um pressentimento e se deteve. Quando o velho chegou aonde estavam as plantas, virou-se esperando encontrar o garoto às suas costas. Com a mão que segurava a foice, fez um gesto para que se aproximasse. O garoto, a distância, negou com a cabeça. Então, o homem gritou.

 — Obedeça.

 O velho se agachou diante de um arbusto e, com alguns golpes, cortou um molho de fibras. Levantou-o para que o garoto o visse e depois deixou-o a seus pés ao lado da foice. O pastor voltou ao acampamento e, quando cruzou com o garoto, disse-lhe que levasse oito ou dez feixes até os amieiros. O garoto virou-se para observar o velho se afastar até desaparecer por trás do molho de espadanas. Caminhou até o lugar onde estava a foice e, durante um momento, contemplou o campo que se estendia diante dele. Os grupos de plantas reunidos como ilhas e os caminhos pedregosos no meio delas. Percorreu as veredas procurando os arbustos mais crescidos e, quando encontrou o que queria, começou a ceifar. Não dissera nada ao pastor quando este lhe mostrara como deveria cortar a erva, mas esse era um trabalho que sabia fazer porque era ele quem limpava as imediações de sua casa.

Quando a tarde claudicava, o garoto deu por terminada a sua faina. Agrupou todo o material em feixes e começou a transportá-los até a sombra. Deixou a primeira trouxa ao lado do pastor e foi buscar mais. O homem, que ordenhava uma cabra parda, deteve suas mãos sobre os úberes, mas imediatamente continuou com o que estava fazendo. Nenhum reconhecimento, nenhuma recompensa. A lei da planície.

Jantaram leite com pão e, depois, o garoto ficou um tempo untando o rosto com o aloé. Adormeceu vendo o pastor transformar em cordas o sisal que ele havia ceifado à tarde. Não teve tempo de ouvir o ruído de cascos que, ao longe, atravessavam a planície escura. Tampouco viu como a mão do pastor tremia, assustado pelo estrondo repentino que rachava o terreno com uma espada rochosa. A única coisa que sentiu, chegado o momento, foi a bota do velho empurrando suas costas e uma voz ordenando-lhe que se levantasse.

Endireitou-se, achando que estava prestes a amanhecer e que o pastor tinha preparado o desjejum. Procurou a vasilha ao seu redor, mas a única coisa que restava no chão era a manta sobre a qual havia dormido. O resto dos utensílios, incluindo os feixes de sisal, estava em cima do asno.

— Pegue a manta. Estamos indo.

A lua crescente ainda era uma fatia estreita amarelando o horizonte. O velho puxava o cabresto com passo decidido, arrastando atrás de si o rebanho. O cão entrava e saía da noite reconduzindo as cabras desgarradas. O garoto, agarrado à retranca do burro, tropeçava a cada passo. Ao deixar o açude em plena noite, ele imaginara que partiam antes da aurora para evitar o esmagador sol do dia. A julgar pelo itinerário seguido nas jornadas prévias, o garoto supunha que o velho conhecia bem aquelas terras e que tornariam a parar ao meio-dia em algum bosque ou em uma ribeira. Mas, à medida que o tempo passava e como nem a noite abria, nem o ritmo decrescia, entendeu que não estavam indo à procura de pastos.

Ao alvorecer, detiveram-se aos pés de uma ladeira calcinada; o horizonte desaparecia sobre o cimo. O pastor soltou o cabresto e avançou alguns metros. Caminhou para um lado, depois para o outro, levantando e abaixando a cabeça como se procurasse alguma coisa entre as sombras do lugar. Esfregou a cara com as mãos e massageou as pálpebras com as pontas dos dedos enquanto resfolegava. Fechou os olhos e ergueu o rosto para o céu, querendo aspirar a mínima brisa que resvalava pela ladeira. Percorreu com o nariz a porta invisível que se abria diante dele, até encontrar, entre todos os aromas do amanhecer, o fio que os levara até lá.

Entretanto, o garoto, vendo que a parada se prolongava, sentou-se no chão para descansar. Sentiu o peso de seu corpo procurando a terra. Adormeceu ali mesmo, sobre a argila ressequida, mas foi despertado por um sopro de brisa fedorento. Ficou em pé justo no momento em que o pastor voltava com passo decidido. O velho olhou para trás, deu uma repassada no rebanho e retomaram a marcha. Subiram o aclive, agarrando-se em troncos havia muito tempo secos. Os sarmentos bravios, cruzando-se uns sobre os outros, teciam na videira uma rede de curvas fósseis.

Quando chegaram à parte mais alta, o horizonte reapareceu. Diante deles, a meseta afundava, formando um talvegue do qual emergia, amplificada, a mesma pestilência que haviam percebido aos pés da planície. O garoto tentou identificar a origem do fedor, mas àquela hora ainda não havia luz suficiente para distinguir as formas coralinas do ossário que se estendia sob eles.

Desceram por uma vereda estreita amparando o burro, que perdia apoio a cada passo. As cabras, cada uma por sua vez, desciam fazendo com que se desprendessem lajes de ardósia. Lâminas que deslizavam sobre lâminas até chegarem ao fundo do cimo, onde algumas delas fraturavam costelas pristinas. Ossos em todas as etapas possíveis de degradação. Sedimentos de pó cálcico, fileiras de vértebras bovinas, pélvis poderosas. Arcos de costelas e galhaduras. Uma rês sem olhos que ainda conservava o pelo. Um aglomerado hediondo no meio do dia que despontava. O farol de seu descanso.

Instalaram-se a certa distância do boi apodrecido, à sombra arqueada de um espinheiro. As cabras espalharam-se entre os ossos à procura de alimento e ali só ficaram o burro, o cão e eles dois, como se fossem figuras de um presépio de Belém. Desjejuaram pedaços de torta empapados em vinho e deitaram-se para descansar. O garoto adormeceu quase no mesmo instante, no meio de uma sensação de músculos misturando-se dentro de seu corpo. A noite que passara acordado, o torpor do vinho, as mãos sujas e aquela vala amuralhada e fedorenta como últimos pensamentos antes da inconsciência.

Quando acordou, o velho não estava ao seu lado. Saiu da cova e avistou o pastor, de joelhos na borda mais alta da cratera. Olhava para o sul fazendo uma viseira com as mãos, como se usasse óculos. Viu-o descer pelo penhasco, meio agachado, meio arrastando o traseiro sobre as pernas para não escorregar. Algumas cabras haviam se deitado à sombra e outras, aproveitando que não havia ninguém no espinheiro, alçavam-se em duas patas até alcançar as pontas mais altas do arbusto.

Esticou as pernas pelos contornos da sombra e constatou que, durante o sono, o velho havia trançado a maior parte do sisal. Agachou-se para apreciar a consistência dos cordéis e perguntou-se para que o velho quereria tudo aquilo. O pastor voltou de sua ronda e, sem dizer palavra, enfiou-se debaixo do espinheiro para continuar o seu trabalho. O garoto lhe disse que iria dar uma volta.

— Não saia do muladar.

— Não se preocupe.

Nunca estivera em um lugar assim. Os crânios alongados se repartiam por toda a vala. Ossos fraturados e buracos como férulas queimadas e um pavimento de molares desgastados pela insistência ruminante. Viu o macho caprino procurando comida junto à rês morta e foi até lá. Quando chegou, o macho se agitou e golpeou o corpo do boi com os chifres, fazendo com que uma ratazana saísse do interior do cadáver. O animal se deteve embaixo da pélvis, farejou nervoso o ar e tornou a se enfiar no comedouro. Ao voltar ao acampamento, contou ao velho o que tinha visto. O homem abandonou o que estava fazendo, levantou-se e, pegando um pau e uma manta, dirigiu-se ao lugar onde o boi se decompunha. O garoto seguiu-o, até que se detiveram a alguns metros do cadáver. Durante um tempo, ficaram agachados, em silêncio, observando os movimentos da pele. Um corvo pousou no costado da besta. A pele ondulava-se sobre as costelas, como o casco amolecido de um barco. A rês havia sido esvaziada de seu conteúdo e agora era apenas uma máscara oca com uma única abertura na região genital. O pastor levantou-se e descreveu um arco silencioso até alcançar a cabeça do animal. O corvo saiu voando. O garoto viu que ele tapava a boca e o nariz, protegendo o rosto com o braço. Avançou ao longo do lombo estendido e, quando chegou perto da besta, tapou a abertura do couro com a manta. Depois, golpeou as costelas com a bota e, no mesmo instante, a ratazana saiu correndo de sua cova, enredando-se na armadilha. O velho golpeou a manta até que o bicho parou de se mexer.

Na última hora da tarde, o pastor terminara de tecer a rede de sisal. Procurou quatro galhos grossos, limpou-os e, com eles e a rede, montou um pequeno cercado. Com a ajuda do cão, reuniram o rebanho e enfiaram-no no redil. Quando todas as cabras estavam lá dentro, deram de beber a cada uma vertendo água na escudela. Quanto terminaram, só lhes restava um terço de um dos garrafões. O garoto perguntou ao velho como resolveriam o assunto e o velho lhe disse para não se preocupar. Que, à noite, beberiam leite e, no dia seguinte, partiriam à procura de um novo manancial.

Depois, o pastor pegou um assento e colocou-o ao lado do único canto do cercado que era possível abrir. Fixou o balde no chão com os ferrões e virou-se para o garoto.

—Vai me ajudar a organizar a ordenha.

— Nunca fiz isso.

—Você fica na porta do redil e vai deixando as cabras saírem de uma em uma quando eu lhe disser.

Terminaram a ordenha em poucos minutos, e o garoto ficou surpreso como todas haviam dado pouco leite. O velho explicou que, naquela época do ano, devido ao calor, à escassez de água e aos alimentos secos, os animais ficavam secos também.

Quando anoiteceu, o velho esfolou a ratazana, abriu-a com uma cruzeta de madeira e acendeu uma pequena fogueira. O garoto não quis prová-la, e o pastor compartilhou-a com o cão. Restavam amêndoas e passas em um saquinho, mas nem o velho as ofereceu nem o garoto as pediu.

5

O velho acordou o garoto no meio da noite. Saíram do muladar pela mesma vereda pela qual haviam entrado e, quando estavam do lado de fora, deram a volta e se dirigiram ao norte. Ao contrário do dia anterior, o garoto se sentia descansado e um pouco mais tranquilo em relação ao que se referia ao seu destino. Cruzaram a planície sob uma lua que ainda não iluminava o chão que pisavam. O garoto, agarrado aos arreios do burro, sentia o balanço do animal como uma litania tão monótona quanto o território que atravessavam. Negro nas alturas, no horizonte e nos descampados. Guiado pelo velho e sustentado pelo asno, abandonou-se às recordações do lugar do qual procedia. Sua aldeia, erguida no fundo de um leito plano pela qual em algum momento correu água, mas que agora era apenas um longo socavão no meio de uma planície interminável. A maior parte das casas, muitas delas vazias, concentradas em torno da igreja e do palácio medieval. Depois, como um cinturão de asteroides, uma miríade de construções pelos arredores como vestígios das hortas que um dia alimentaram a aldeia. Nas ruas, tapumes de escombros estucados com telhadinhos de duas águas. As janelas com grades forjadas a marteladas e, pendendo das portas, cortinas que ocultavam as folhas de chapa. Os portões dos currais, fechados a sete chaves, guardando carros de madeira e arreios de trilha. Houve um tempo em que a planície era um mar de cereais. Nos dias ventosos da primavera, as espigas revolviam-se da mesma maneira que a superfície do oceano. Ondas verdes e fragrantes à espera do sol de verão. O mesmo que agora fazia fermentar a argila e a quebrava até transformá-la em pó.

· Recordou a franja de oliveiras que se estendia sobre a ladeira norte do velho leito. A mesma na qual ele encontrara refúgio. Um exército inveterado e lenhoso que tisnava a paisagem com tons do couro. Amiúde, cada copa estava sustentada por dois ou três troncos retorcidos que saíam da terra como os dedos florescidos de um velho. Era raro ver uma oliveira com uma forma plenamente arbórea. Por outro lado, abundavam os troncos nodosos, as fendas secas pelas quais algum dia penetrara a água até congelar e fazer a madeira arrebentar. Corja de soldados de volta da frente de batalha. Feridos, mas em marcha. Em uma marcha que já durava tanto que ninguém poderia dar fé ao seu avanço. Não eram testemunhas da passagem do tempo; era o tempo que devia a eles a sua natureza.

Percorreu mentalmente a ferrovia que atravessava a aldeia de leste a oeste seguindo a linha do antigo vale. Entrava elevada sobre terraplenagens de lastro e cascalho e saía pelo outro lado como um recorte. Em um lado ficava a aldeia propriamente dita, com a igreja, a prefeitura, o quartel e o palácio. No outro, uma colônia de casas baixas em torno de uma fábrica de vinagre abandonada. As abóbadas de algumas de suas naves estavam afundadas e um tanque corroído deixava escapar uma pestilência que se dosificava dia a dia como uma maldição interminável. As horas passadas no muladar pareceram-lhe agradáveis em comparação com a atmosfera invisível gerada por aquele lugar. À altura da fábrica, as vias bifurcavam-se até se converterem em três linhas que prolongavam a franja férrea. Em um lado estava o edifício da estação com suas mísulas de ferro rebitado e os vidros quebrados. No centro, havia uma plataforma como uma ilha comprida com meia dúzia de lampiões a gás de aparência frágil. Depois, um embarcadouro de gado feito de tijolos e dois galpões com as portas atravessadas por madeiras cravadas. Ao fundo, sobre a última via, elevava-se um silo de grãos de uma cor amarela-pálida, coroada por um letreiro vermelho no qual se lia "ELECTRA". Um edifício fora da escala geral, desmesurado e poderoso, de cujo sótão divisavam-se as distantes montanhas do norte que punham fim à meseta. Um bloco cuja sombra era de uma intensidade dolorosa.

Sua família vivia em uma das poucas casas de pedra que havia na aldeia. Fora erguida pela ferrovia no final da estação, justo onde a via era atravessada pelo caminho que levava aos campos e aos prados do sul. Nas tardes de verão, a sombra do silo cobria por completo o telhado e parte do pátio que a cercava: um espaço de terra batida onde perambulavam uma dúzia de galinhas e três leitões. Salvo o aguazil e o padre, mais ninguém tinha animais na aldeia.

Antes da seca, o pai atendia à barreira e se encarregava de auxiliar o chefe da estação nas mudanças de vias. Quatro vezes ao dia acionava o mecanismo que fazia a cancela descer ao mesmo tempo que tocava um sino de mão. Alguns caminhões paravam, e os motoristas desciam e enrolavam seus cigarros enquanto viam passar lentamente os comboios em direção ao mar. Eram tempos em que os vagões de carga chegavam vazios e partiam carregados de aveia, trigo e cevada armazenada no silo. Depois veio a seca e os prados languesceram até morrer. O grão parou de crescer e a ferrovia desmanchou os vagões ou os abandonou. Fecharam a estação e enviaram o chefe para ocupar um posto mais ao leste. Em um ano, foi embora mais da metade das famílias. Aguentaram os poucos que tinham poços fundos, os que tinham feito dinheiro com cereais e alguns que não tinham nem uma coisa nem outra, mas se submeteram às novas leis da terra seca. Sua família não tinha poço nem fortuna, mas ficou.

Pararam para descansar ao lado de umas velhas amendoeiras. A noite estava quente e beberam até quase terminar a pouca água que ainda lhes restava. À diferença da jornada anterior, o garoto achou que dessa vez o velho sabia aonde se dirigiam. Em certo momento, aproximaram-se de uma cerca de arame e seguiram-na até que encontraram uma brecha pela qual passaram para o outro lado. Cruzaram um campo de cultivo ermo e chegaram a um novo caminho por onde avançaram para o oeste. A perda repentina de orientação fez o garoto pensar que seu percurso não tinha rumo e que o velho, mais do que procurar pastos, só parecia interessado em perambular. No que lhe dizia respeito, afastavam-se da aldeia.

Com as primeiras luzes, viram surgir no horizonte o que restava de uma grande construção. O terreno era ondulado e, à medida que avançavam, a ruína emergia ou afundava no meio dos campos de cereal esgotados. O último barranco foi mostrando pouco a pouco os detalhes do que estavam vendo havia um bom tempo. Um alto muro de pedra e argamassa coroado por uma fileira de amendoeiras, muitas delas destruídas, e separado do caminho por uma pedreira estéril. Uma única parede se aguentava em pé graças à torre circular na qual estava encostada. Várias fileiras de orifícios, outrora ocupados por andaimes, percorriam a construção de lado a lado em diferentes alturas. Os restos de um castelo ou de uma fortificação medieval sobre cujo torreão alguém colocara a figura de Jesus, que abençoava a planície com dois dedos unidos. De sua nuca saíam três ornatos de bronze. O garoto reconheceu a imagem e imediatamente ganhou forma em sua mente a lenda do castelo que todas as crianças da aldeia tinham ouvido em alguma ocasião. De acordo com o relato mais comum, havia um lugar no norte ou no noroeste em que se erguia um castelo. Nele vivia um homem sozinho, protegido por uma guarda temível. O homem passava os dias e as noites no alto de uma muralha com a mão erguida, advertindo os viajantes para que não se aproximassem de seu castelo. Havia quem contasse que, na verdade, ele não fazia um gesto, mas exibia uma arma. Dizia-se que de sua cabeça brotavam raios que varriam a planície em todas as direções. Também se falava de cães selvagens e de que a guarda capturava crianças para serem levadas ao homem, a fim de que praticasse com elas as torturas mais selvagens.

Desceram pelo suave declive que levava ao castelo e, antes de chegar, detiveram-se para estudar a sua forma. A vereda continuava um pouco mais além e desembocava em um caminho de sirga que corria paralelo a uma velha acéquia elevada, cujos pilares quebrados retorciam-se no ar quente que subia da terra. Ainda podia-se apreciar, junto a eles, a longuíssima profundidade pela qual um dia navegaram barcaças carregadas de troncos e sacos de cereal. Saíram da vereda e atravessaram o terreno pedregoso até que chegaram a um ponto no qual a parede, se desabasse na sua direção, não os esmagaria. A precaução ou o medo operando no inconsciente. Ficaram muito tempo contemplando a parede como se estivessem diante de uma maravilha ímpar. Um torreão circular à esquerda, o muro e, ao final, o horizonte do qual provinham. Em um lado do torreão, via-se um arco de meio ponto que rematava uma porta lacrada.

Na parte mais alta do muro, sobre o domo da porta, pendia intacto um balestreiro sustentado por três vigas. As cabras, por sua vez, ocuparam o espaço livremente, guiadas tão só pela busca de restos de erva seca. Se o muro viesse abaixo naquele momento, mataria quase todas. O garoto entreteve-se examinando a escultura que identificara com a imagem do Sagrado Coração de Jesus que havia na igreja da sua aldeia. Só por um instante sentiu vontade de voltar para lá, reunir as crianças no pátio da escola para lhes contar a sua descoberta. Sobretudo para lhes dizer que o terror não estava trepado em um castelo, mas que passeava pelas ruas da aldeia entre explosões e nuvens de fumaça tóxica.

Depois de um tempo, o garoto virou-se para o velho, à espera de que desse por terminada a contemplação e assim pudesse descarregar o burro e descansar. O homem permaneceu em pé com o olhar perdido na parede. O garoto pensou que o pastor adormecera. De sua altura, pôde ver os orifícios alargados do nariz do ancião e como brotavam, de sua negrura, longos pelos brancos. A barba grisalha de quatro dias, a queixada da qual pendia o pelo de sua cara ausente. Sentiu vontade de puxá-lo pela manga e tirá-lo do lugar em que estava, mas essa familiaridade não lhe era permitida. Pigarreou, coçou a nuca e simulou uma inquietação de quem se urina, mas não conseguiu despertar a atenção do velho.

— Senhor.

O pastor virou-se de imediato, como se tivesse sido insultado, e só então começaram a caminhar em direção ao muro. Quando chegaram, o velho deixou-se cair contra a parede e o garoto descarregou o burro. Foi tirando os utensílios dos balaios e deixando-os ao lado do velho. Quando terminou, juntou os cestos e começou a enfiar de novo os pertences do pastor dentro deles. O velho pediu-lhe a albarda para usá-la como encosto. O garoto tentou tirá-la pelo flanco, mas a peça estava bem encaixada no lombo da besta e, por mais que tentasse, não conseguiu descê-la. Procurou nos balaios uma trança de sisal que havia sobrado do redil e amarrou-a na retranca. Depois fixou o outro extremo em uma pedra que caíra do castelo e puxou o arreio. O animal se mexeu, e a albarda deslizou por suas ancas até que caiu no chão.

O garoto ofereceu a albarda ao pastor e, observando-o de perto, achou que estava muito mais cansado do que nos dias anteriores e que seu aspecto era o de um homem enfermo. O velho disse que parariam no castelo por dois dias porque ali perto havia um poço e também porque era o único lugar com sombra que encontrariam em muitos quilômetros e ali as cabras teriam o que comer. O garoto olhou ao redor e, até onde sua vista alcançava, não viu outra coisa além de seixos e argila endurecida. Apenas alguns arbustos de alfavaca-dos-montes ressecados e restos da ceifa espalhados como único alimento para os animais. O garoto pensou que, até então, não haviam passado nenhuma jornada sem sombra e que, em relação à alimentação das cabras, aquele era um dos lugares mais pobres em que haviam estado. Virou-se para o velho e encontrou-o estendido sobre as pedras, com a cabeça apoiada na albarda e o sombreiro na cara. Pensou que estava esgotado de tanto caminhar e que, se paravam ali, era porque o homem já não podia com seus ossos. Agachou-se e, agarrando os garrafões pelo gargalo, balançou-os para calcular a água que lhes restava.

• • •

Ao meio-dia, o garoto aparelhou o burro com a albarda e os balaios e depois colocou neles os garrafões e o balde de ordenhar. De seu leito, o pastor descreveu-lhe o que encontraria, indicou o caminho com um dedo e, antes de partir, emprestou-lhe seu chapéu de palha.

Embora o tanque ao lado do qual ficava o poço pudesse ser visto do castelo, quando chegaram, grandes gotas de suor escorriam pela testa do garoto. Tal e qual lhe dissera o velho, encontrou um depósito redondo e, a poucos metros dele, um poço de tijolos com um grosso arco de alvenaria do qual pendia um rastelo com quatro pontas. Alguém havia colocado pedaços de pau em cima e eles atravessavam de lado a lado, sem deixar um buraco por onde enfiar o balde na água. Com a ajuda do rastelo, foi içando as madeiras até que abriu uma janela.

Passou algumas horas puxando água, até que encheu os dois garrafões. Tampou-os com as rolhas e pegou o primeiro para colocá-lo no burro, mas era muito pesado. Teve de esvaziar a metade do conteúdo de cada um, e, ainda assim, custou-lhe o indizível colocá-los nos balaios.

Voltou ao castelo ao entardecer, esgotado pelo esforço. O velho estava no mesmo lugar no qual o deixara horas antes. Descarregou a água, liberou o asno e o fez correr, e, quando terminou de dar de beber às cabras, sentou-se ao lado do velho e ali ficou, observando a luz mudar de textura à medida que o sol se punha no outro lado da parede. Soavam esvoaçares de pombas que voltavam ao torreão para dormir.

Jantaram amêndoas rançosas e passas à luz da lua crescente, e, quando acabaram, o garoto recolheu as coisas e depois afastou as pedras de um pedaço de terreno para alguns metros de onde o velho se encontrava. Durante a limpeza, encontrou um crânio de lebre, leve e sorridente. Sustentou-o nas mãos e repassou suas complexas formas com as pontas dos dedos. Imaginou a cabeça contra uma pequena mísula ovalada de uma cornija de madeira escura, como se fosse um troféu de caça anão. Uma chapa de metal dourado embaixo do pescoço exibiria o nome do caçador e a data na qual abatera a peça. Deixou o crânio de lado, enrolou a manta e colocou-a embaixo da cabeça. Estava tão cansado que até achou agradáveis os cheiros do burro que o travesseiro improvisado exsudava. Deu boa noite ao velho e, como sempre acontecia, não obteve resposta. Deitado, repassou o firmamento à procura das constelações que conhecia e, quando terminou, dirigiu o olhar à lua crescente. O resplendor leitoso feriu suas retinas. Fechou os olhos e viu que dentro deles persistia o clarão em forma de arco. Veio-lhe à mente o crânio que havia encontrado quando preparava sua cama. Pelos tecidos úmidos de suas pálpebras desfilaram recordações da galeria de troféus que o aguazil tinha em sua casa. Recordou a primeira vez em que entrara naquele lugar. Seu pai o acompanhava. O cheiro acre de madeira e os rangidos das tábuas compridas de um tipo de solo que não vira em nenhum outro lugar. Os dois esperando no vestíbulo sombrio, com o pai retorcendo a boina contra o peito. O artesoado escuro e a longa sala repleta de cabeças de muflões, cervos e touros.

— Este é o seu filho?
— Sim, senhor.
— É um belo menino.

A recordação da voz do aguazil rasgou seus olhos e sentiu que era sangue o que começava a brotar pelas frestas inflamadas de suas pálpebras. Mordeu os lábios, com o rosto plano contra o céu, e percebeu uma corrente oleosa penetrar pelos canais lacrimais e começar a entupir o nariz. Sorveu o muco para limpar os condutos, e o ruído que fez colocou-o em alerta porque temia que o pastor tivesse ouvido.

— Não tenha medo. Aqui não vai acontecer nada com você.

A voz do velho brotando da própria terra, abrindo caminho entre as camadas rochosas para arrebentar o fungo malcheiroso em que viviam. O garoto ficou mudo, com o pescoço tenso. Depois ouviram cigarras em algum lugar, e o garoto começou a sorver o ranho e a engoli-lo até sentir o ar puro penetrar seus orifícios. Enxugou os olhos, colocou as mãos juntas embaixo do rosto e pouco depois adormeceu.

Apesar de ter se deitado a poucos metros do pastor, na manhã seguinte o garoto acordou ao lado do corpo quieto do velho. A ininterrupta claridade da planície abriu seus olhos, e a primeira coisa que sentiu foi o fedorento hálito podre que cercava o homem, tão intenso como o seu próprio, mas menos familiar. Moveu as pálpebras para tentar despertar e rastejou até o lugar no qual se deitara, com a esperança de que o pastor estivesse dormindo. O velho, tombado na mesma posição em que estivera desde que haviam terminado de jantar na noite anterior, girou a cabeça sobre a albarda e pediu ao garoto que lhe trouxesse uma cabra. O garoto sentiu-se envergonhado ao se dar conta de que o velho havia despertado antes dele, e não soube como interpretar o fato de que seus corpos tivessem estado unidos sem que o pastor tivesse se afastado. Ficou em pé e sacudiu a poeira. Tinha manchas na camisa e farrapos pendurados como cerdas nas pernas da calça.

Depois de desjejuar, o velho pediu ao garoto que lhe armasse uma tenda com a manta para se protegerem do sol da manhã.

INTEMPÉRIE

O garoto enfiou duas pontas da manta em buracos da muralha e depois firmou-as com pedaços de pau. Quando terminou, sentou-se ao lado do velho fora da sombra à espera de novas instruções, porque era assim que começava a se regularizar a convivência dos dois. O pastor, reduzido pela crescente secura de suas articulações, deitado sob o sol inclemente. O garoto, como uma extensão tônica do velho, disposto para o trabalho que a planície e a intempérie lhes impunham. Ficaram quietos durante muito tempo. O velho recostado na albarda e o garoto esperando sob o sol. Quando já não aguentou mais, levantou-se, contornou o muro, esticou-se à tórrida sombra do outro lado e adormeceu. O sol, que já começava a ultrapassar a vertical da parede, despertou-o de novo. Voltou ao lugar onde estava o pastor e comeram restos de queijo e um pedaço da pouca carne seca que lhes restava.

O velho passou a maior parte da tarde lendo uma Bíblia de bordas arredondadas que guardava envolta em um pano. Apontava as palavras com um dedo e as pronunciava sílaba por sílaba. O garoto percorreu os arredores da ruína com o cão. Em sua inspeção, encontraram restos de cimento que desenhavam a antiga planta do castelo e perguntou-se aonde teriam ido parar todas as pedras que haviam formado suas paredes e abóbadas. Descobriu alguns lagartos secos e bolos de comida regurgitada com seus recheios de ossinhos e pelos quebradiços. No lado sudoeste da muralha, encontrou penas e tiras de pele retorcidas que interpretou como as sobras de um banquete de corujas.

No extremo da planta oposto ao muro, desceu por um talude no qual os coelhos haviam escavado tocas com dezenas de bocas. O garoto voltou aonde o velho jazia e informou-o a respeito de seu achado. Contou que encontrara pegadas e excrementos por todas as partes. Também falou de sua experiência como caçador de furões e de como essa arte se parecia com a maneira com a qual o velho aprisionara a ratazana no muladar. Falou de jornadas de caça nas encostas da ferrovia e de como, depois das capturas, os animais eram mortos, levantando-os pelas patas traseiras e batendo com um pau em sua nuca. "A lebre fica assim", disse-lhe, fazendo caretas com o rosto e esticando os braços trêmulos para a frente. De acordo com o garoto, julho era o melhor mês para caçar a cria da perdiz. "É preciso ir ao meio-dia, na hora em que faz mais calor, e, quando se encontra uma fêmea com crias, escolher uma e correr atrás dela sem parar. Acabam se cansando." Depois, sem mencionar a mãe, contou-lhe como se esfolava um coelho e como se torcia o pescoço de um pombinho. O cão, ao seu lado, balançava o rabo como se quisesse insuflar ar à fantasia aventureira do garoto. Quando acabou de falar, o velho disse que não serviria de nada caçar coelhos porque para cozinhá-los teriam de fazer fogo e isso poderia atrair os homens que o procuravam. O garoto murchou diante da negativa do velho, porque, por uma vez, havia sentido que poderia contribuir de alguma forma com aquele homem que parecia saber tudo. Seu desânimo fez com que não fosse capaz de entender o que o velho acabara de lhe dizer.

 Passaram o resto do dia afastados. O pastor com a Bíblia, e o garoto, com o cão, no outro lado do muro. Na última hora da tarde, o homem puxou com uma vara o embornal e tirou dele um pedaço de bolo e as últimas amêndoas rançosas. Enquanto esperava que o garoto aparecesse, tentou quebrar as amêndoas usando duas pedras. Suas mãos tremiam e ele não conseguia colocar as cascas na posição apropriada. Em uma das tentativas, bateu nos dedos e a dor o fez bufar. Com o sol já quase posto, o garoto voltou para o lado do velho. Trazia uma estaca em uma das mãos e um coelho na outra. O cão saltitava ao seu redor.

Apesar da dor nos ossos, foi o velho quem se encarregou de esfolar o coelho. Segurou-o, sopesou por um momento e pareceu satisfeito com a peça recebida. Depois fez alguns cortes nas patas e no abdômen e foi puxando a pele até que despiu o animal. Atirou as vísceras ao cão e pediu ao garoto que o ajudasse a se levantar. Foram ao torreão e, enquanto o velho improvisava um fogão com pedras, o garoto perambulou pelos arredores à procura de combustível. Assaram o coelho da mesma maneira que haviam feito com a ratazana. Durante o jantar não conversaram. Limitaram-se a roer até a última fibra de carne aderida aos ossos. Quando terminaram, o velho ficou enrolando um cigarro e o garoto se encarregou de limpar os restos da fogueira e jogar fora os ossos e a pele. Então, quando enterrava as sobras longe do castelo, voltou à sua cabeça a cena na qual o velho o advertia do perigo de acender o fogo. O garoto terminou de enterrar o que sobrara do coelho revolvendo com a bota a terra sobre a fossa e voltou para perto do pastor. Encontrou-o de costas, urinando alguns metros mais além da manta, com uma das mãos apoiada na parede. A fumaça do cigarro envolvia sua cabeça como uma nuvem de pensamentos cinzentos.

— Como sabe que estou sendo procurado por alguns homens?

O velho ficou quieto e calado como se fosse a mulher de Ló vendo Sodoma arder. O garoto ficou esperando. Sem deixar de se apoiar na parede, o pastor acabou de urinar e depois se sacudiu. Quando se virou, o garoto viu a umidade de sua calça e que, pela braguilha, aparecia sua glande rósea.

O garoto saiu correndo e se perdeu na escuridão. Foi o seu inconsciente que escolheu fazê-lo em direção à cova que havia cavado minutos antes. Passou ao lado dela gaguejando e chutando pedras e continuou fugindo tão depressa quanto pôde em direção ao poço até que tropeçou na válvula de controle da alverca. Ficou deitado no meio da noite sentindo o sangue pulsar no peito de seu pé em batidas regulares. Quando recuperou a calma, rastejou até o depósito de água e ali permaneceu com as costas apoiadas nos tijolos. Do lugar em que estava tinha uma vista panorâmica imprecisa do muro e da planície que o cercava. A imagem do velho virando-se devagar na sua direção ocupava completamente seu pensamento. A glande úmida, os tecidos esfolados do coelho, a patrulha que o procurava. Supôs que aquela parada não era outra coisa além de uma espera. Uma espécie de ponto de encontro onde seria entregue ao aguazil. Pensou que o velho simulara suas dores e que o levara àquele lugar para que fosse justiçado longe da aldeia. Imaginou o pastor contemplando, tranquilo, seu martírio ao pé da muralha. Desejou estar longe de tudo aquilo e lamentou não ter conseguido suportar melhor seu destino. Os chocalhos das cabras, a distância, distraíram-no e, por um momento, dirigiu sua atenção ao castelo, onde não viu atividade nem movimento. Mais tarde, quando seu estômago cheio se recuperara da corrida, deixou-se inebriar pelo rumor das cabras e adormeceu sentado, com a cabeça inclinada sobre o peito.

Prestes a amanhecer, foi acordado pelo cão enfiando o focinho pelo pescoço dobrado. O garoto afastou-o ainda sonolento e o cão voltou a lamber sua garganta. O garoto abriu os olhos, e a primeira coisa que viu foi o cão abanando o rabo. Trazia pendurada no pescoço a lata que o pastor lhe dera na primeira vez em que se viram. O garoto acariciou o cão e depois se espreguiçou atrás da amurada circular. Viu a válvula de controle enferrujada na qual havia tropeçado na noite anterior e levou as mãos ao peito do pé. Apalpou-o por cima da bota e, embora estivesse doendo, não achou que havia quebrado algum osso.

Ao meio-dia, o garoto e o cão voltaram juntos ao castelo. Quando chegaram, encontraram o velho deitado em seu lugar com os olhos abertos. Já não tinha restos de umidade entre as pernas e pela braguilha aberta não saía nada. O garoto ficou em pé a certa distância e o velho olhou para ele.

— Sente-se.
— Não quero.
— Eu não vou fazer nada com você.
— Sabe que estão me procurando. Vai me entregar.
— Não é essa a minha intenção.
— A sua intenção é a de todos.
— Está enganado.
— Por que me trouxe até aqui?
— Porque está longe.
— Longe de quê?
— Das pessoas.
— As pessoas não são o meu problema.
— Qualquer um que encontrá-lo poderá delatá-lo.
— Como você vai fazer, não é?
— Não.
— Você é igual aos outros.
— Salvei a sua vida.
— Para receber alguma coisa em troca, suponho.

O velho ficou em silêncio. O garoto, a dez metros, mexia-se inquieto dentro de um círculo pequeno, como se a decepção que sentia o fizesse urinar.

— Eu não sei por que você está fugindo e nem quero saber.

O garoto parou de se mexer.

— A única coisa que sei é que o aguazil não tem jurisdição aqui.

O garoto ouviu a palavra "aguazil" na boca do pastor e sentiu o sangue arder em seus calcanhares e como essa chama subia do chão e o queimava por dentro como só a vergonha é capaz de fazer. Ouvir o nome de Satã nos lábios de outro e sentir que a palavra derrubava a muralha em que ele vivia seu opróbrio. Ver-se desnudo diante do velho e diante do mundo. Recuou alguns passos e se acocorou contra a muralha morna e pedregosa. Sentiu o contato da superfície áspera da rocha e ali foi encaixando, uma a uma, as peças que a planície lhe fora entregando. Pensou que, exatamente naquele lugar, fora da jurisdição do aguazil e longe das aldeias habitadas, poderiam fazer com ele o que quisessem. Só as pedras seriam testemunhas dos desgarres e da morte que viria depois. Ficou em pé.

— Faça o que quiser.

O garoto desatou a lata do pescoço do cão e mostrou-a ao pastor.

— Vou levar isto.

— É sua.

Esvaziou o garrafão no recipiente e bebeu repetidas vezes. Depois guardou a lata no embornal, agachou-se e acariciou o cão embaixo da mandíbula. Antes de partir, apertou a corda que lhe servia de cinto e olhou ao redor. O céu era uma abóbada azul e limpa. Passou as mãos pela cabeça e, sem tornar a olhar para o pastor, começou a caminhar em direção ao norte, deixando o castelo para trás. O velho se levantou para ver o garoto partir. O cão seguiu-o, alegre, como se estivessem indo explorar os contornos da fortaleza. Perambulou de um lado a outro em volta do garoto até que ficou diante dele e colocou as patas em suas pernas para que o acariciasse. O garoto afastou-o de seu caminho para continuar andando, e o cão parou de insistir e seguiu-o tranquilamente. Quando haviam se afastado quinze ou vinte metros, o pastor assoviou, e o cão parou de brincar e levantou as orelhas na direção do castelo. Então, o garoto, antes que partisse, agachou-se ao lado dele, passou as mãos pelo seu pescoço e disse-lhe coisas ao ouvido que fizeram o animal perder sua tensão pastora e voltar à muralha relaxado e satisfeito.

O garoto ergueu-se de novo, sacudiu as pernas e sentiu uma baforada de vento quente na nuca. Respirou diante da incerteza de seu caminho e foi então que escutou o barulho de um motor trazido pela brisa. Virou-se e avistou ao longe uma nuvem de poeira sobre o caminho de sirga. A névoa impedia-o de ver a superfície da terra e ele não era capaz de distinguir a origem exata do ruído que ia ficando cada vez mais nítido. Sem querer, procurou com o olhar o pastor e o viu de joelhos, fazendo viseira com a mão na direção da nuvem de poeira. O mesmo ar que trazia os homens revolvia as folhas transparentes da Bíblia aberta no chão. O pastor lhe fez sinais com a mão para que se agachasse.

O garoto olhou, nervoso, ao seu redor à procura de uma escapatória e não a encontrou. Atrás dele, o pastor com sua parede e suas montanhas de escombros. Em qualquer outra direção, uma planície inclemente e eterna na qual não acharia nenhum lugar onde pudesse se esconder. Agachou-se e, de quatro, percorreu o caminho de volta ao muro. Passou ao lado do velho e continuou até se apertar contra as pedras.

— Esconda-se.

O garoto colocou o peito contra o chão e começou a rastejar em cima dos cotovelos. Os seixos se cravavam nos antebraços e rasgavam as mangas da camisa. Arrastou-se ao longo do muro até percorrê-lo inteiro e passar à outra parte pelo lado contrário ao torreão. A salvo da vista dos homens, continuou se arrastando pelos vales de escombros e chegou ao meio do muro. O cão seguiu-o, curioso, esperando que o garoto atirasse um pau ou o coçasse embaixo da mandíbula. Ameaçava revelar seu esconderijo. O garoto sentou-se de cócoras com as costas contra a parede, atraiu o cão e enfiou os dedos sob sua mandíbula para apaziguá-lo.

Quando a patrulha abandonou o caminho de sirga e pegou a trilha que levava ao castelo, o velho reconheceu a motocicleta do aguazil. Estava acompanhado por dois homens a cavalo; as ferraduras tiravam faíscas das pedras no caminho.

O pastor assoviou, e o cão parou de balançar o rabo, levantando as orelhas. Afastou a cabeça das mãos do garoto e saiu em disparada; deu a volta no muro e encontrou o velho, que naquele momento procurava alguma coisa no embornal. À medida que os homens se aproximavam, o murmúrio da motocicleta transformou-se em um petardear que espantou as rolas e as pombas aninhadas dentro da torre.

As cabras abriram caminho. O velho deixou cair ao lado de seu pé a última tira de carne seca. O cão sentou-se ao seu lado e começou a lamber e a mordiscar o pedaço de músculo de textura semelhante a couro. Não demoraria a amaciá-lo e a engoli-lo.

O pastor recebeu-os em pé. Tirou o sombreiro e assentiu com a cabeça em sinal de boas-vindas. Um dos ginetes devolveu-lhe a saudação tocando a ponta do boné. O outro, um sujeito de barba avermelhada, percorria os contornos com os olhos. Dos três, era o único que estava armado. Uma escopeta de caça de canos paralelos com a culatra incrustada. O aguazil desligou a moto e, apesar de as cabras continuarem balindo e balançando seus chocalhos, o velho sentiu como se tivesse feito um silêncio absoluto. O homem tirou as luvas de couro e colocou-as uma sobre a outra na borda interna do *sidecar*. Os dedos para dentro e as longas mangas de couro pendendo para fora. Depois, sem descer da moto, tirou os óculos elásticos, abriu a viseira do capacete e retirou-o. Seus cabelos estavam empapados de suor. Passou a mão pela cara como se a estivesse lavando e levou os cabelos úmidos para trás, usando os dedos como pente. Extraiu do *sidecar* um sombreiro de feltro marrom, abanou-se com ele durante alguns segundos e depois colocou-o na cabeça ajustando-o cerimoniosamente sobre as sobrancelhas.

— Boa tarde, velho.

— Senhor.

— Agora você me chama de senhor?

A voz do aguazil soou cortante entre as pedras. O garoto, atrás do tapume, sentiu que seu cabelo se eriçava na nuca. Percebeu um calor aquoso descendo por suas pernas tensas e suas botas se emparem. A urina escorreu pelo couro e formou uma leve mancha de umidade embaixo dele. Se ficasse ali, só precisariam contornar o muro para encontrá-lo.

— Muito calor.

— É verdade.

O pastor agachou-se e puxou a alça de vime da garrafa sem conseguir levantá-la.

— Um gole?

— Eu lhe agradeço, velho.

O aguazil fez um gesto com a mão e um dos homens aproximou-se do pastor sem apear. O homem era tão grande que seu cavalo parecia pequeno. O ginete permaneceu ao lado do pastor sem fazer nada. O velho tornou a se agachar e puxar a alça. A barriga do cavalo estava quase em cima dele. Pegou o recipiente com as duas mãos e, fechando os olhos, conseguiu levá-lo à cintura. O ginete se inclinou, pegou o garrafão e aproximou-o do chefe. Este tirou a rolha e deu um longo gole. A água escorreu pelo queixo e molhou o lenço empoeirado que rodeava seu pescoço. Quando acabou, limpou a boca com o dorso da mão e devolveu o recipiente ao homem que o havia levado. Este fez seu cavalo recuar e ofereceu água ao outro ginete, que não bebeu, mas empapou a cara, a nuca e a camisa.

— Beba, Colorao, porra!

O ruivo fez um gesto para que o outro o deixasse em paz.

— Você ainda não sabe se o velho tem vinho.

— Deve ter.

— Uma vez, conheci um sujeito que não bebia água desde os 12 anos...

— Deixe-me em paz.

O aguazil virou a cabeça e não precisou nem olhá-los para que os dois homens se calassem imediatamente.

— Estamos procurando um menino desaparecido.

O pastor perdeu o olhar no horizonte e franziu o cenho, como se puxasse pela memória. Avaliou a questão apresentada pelo aguazil. Um homem altivo.

— Estou há semanas sem ver um cristão.

— Deve se sentir muito só.

— As cabras me fazem companhia.

INTEMPÉRIE

O ruivo ficou em pé sobre os estribos como se quisesse arejar as pernas ou olhar por cima do tapume. Repassou com o olhar o muro à procura de sinais. Parecia um engenheiro que tivesse chegado da capital com a missão de avaliar o estado do castelo.

— Tenho certeza de que se entretém muito com elas.

O ginete que havia pegado a água soltou uma gargalhada estrondosa e o aguazil forçou um leve sorriso. O velho não se alterou, e aquele que chamavam de Colorao, ausente como estava, tampouco. Ficaram por alguns segundos em silêncio. O velho em pé, suportando o corpo encurvado com dificuldade. O aguazil, repassando o queixo com os dedos enquanto pensava em sua próxima pergunta.

— Você veio de longe com seus animais.

— Sou pastor. Procuro pastos.

O ruivo puxou a rédea e o seu cavalo se endireitou. Avançou pelo terreno coberto de pedras em direção à extremidade do muro pela qual o menino havia escapado. O aguazil continuou conversando com o velho. O pastor esforçou-se para não acompanhar o auxiliar com os olhos porque qualquer gesto naquela direção levaria o aguazil a descobrir o que já parecia saber. O ginete deu a volta na construção a passo lento e, quando passou para o outro lado, o garoto não estava mais lá. Apeou e percorreu a pé a base da parede sem reparar nas pedras que o garoto manchara com seu sangue. Quando chegou no meio do muro, removeu com a ponta da bota a ligeira umidade que o garoto deixara. Apoiando a culatra da escopeta, agachou-se, pegou uma pitada de areia com os dedos e levou-a à ponta do nariz.

No outro lado, o aguazil dizia ao pastor que aquele não parecia um lugar muito frondoso e que aquela mesma erva seca também crescia nos arredores da aldeia. Disse-lhe que ninguém iria até aquele lugar comprar seu leite miserável e que deveria tê-lo ouvido melhor quando, certo dia, levou-o para ver lugares nos quais deveria pastorear. E recordou-lhe o que dissera então: "Perto, mas fora."

O ruivo continuou seu percurso em direção à porta do torreão. Antes de entrar, deteve-se e inspecionou os contornos arredondados que se elevavam ao céu limpo. Algumas pombas que haviam fugido voltaram. O homem enfiou com cuidado a cabeça pela porta. Havia excrementos de aves espalhados por todos os lugares. Os cadáveres ressecados de dois pombinhos, cascas quebradas de ovos e restos de um roedor esquartejado por alguma ave de rapina. O cheiro apergaminhado dos excrementos mascarava o ligeiro aroma de urina infantil. O auxiliar do aguazil entrou no tubo e olhou para cima. Só estava intacto o primeiro degrau da antiga escada em caracol. A partir dali, uma linha espiral de pedras embutidas subia pela parede do tubo como a rosca de um parafuso. As pombas haviam entupido, com uma mistura de merda, pena e galhos, o buraco que dava acesso ao terraço superior. Sem essa fonte de luz, a três metros acima do solo, a escuridão era indecifrável.

— Saia de onde estiver, bastardo.

A voz do homem subiu pelo cilindro, atravessou o crânio do garoto e bateu em seus miolos. O garoto tremeu em cima da mísula na qual havia conseguido trepar e esteve prestes a perder o equilíbrio e cair.

— Saia se estiver aí, renegado.

Chegaram o aguazil e o outro homem. O ruivo tirou a cabeça do torreão e virou-se para eles.

— Não há outro lugar para se esconder em dez quilômetros em volta. Ou está morto ou está aqui.

— Não fique nervoso, Colorao. Se estiver aí, sairá.

— Não estou vendo nada dentro da torre.

O aguazil apertou os lábios e alisou os cabelos, já quase secos. Afastou-se alguns metros e inspecionou a parede externa do torreão. Aproximou-se da entrada e enfiou a cabeça. Revolveu o solo arenoso com a bota e desenterrou os restos da fogueira na qual haviam assado o coelho na noite anterior. Voltou para o lado de fora e, batendo nos lábios, olhou para o ruivo sem dizer nada. Depois começou a gesticular levantando o dorso de suas mãos para os auxiliares e movendo os dedos esticados em direção ao céu ao mesmo tempo que ia erguendo os braços. Sem dizer palavra, os homens se afastaram cada um em uma direção, e o aguazil, em pé ao lado do dintel, tirou do bolso interno de sua jaqueta uma tabaqueira de couro, desamarrou o cordão e extraiu um pequeno bloco de papel de seda marrom. Com uma folha e uma pitada de tabaco, enrolou um cigarro quase perfeito. Quando os homens voltaram, encontraram o chefe sentado em uma pedra, cercado de fios de fumaça esbranquiçada. Brincava de abrir e fechar um isqueiro a gás prateado.

— Não encontramos nada nos arredores.

O aguazil fez, então, um gesto com o polegar, apontando a parede que estava às suas costas, e os homens deram a volta, deixando seu chefe concentrado em seus pensamentos. Encontraram o pastor sentado sobre os alforges, fingindo ler sua Bíblia.

— Saia daí, velho.

O pastor levantou-se com dificuldade e ficou de um lado. Os homens levantaram os balaios e os viraram, espalhando o conteúdo pelo chão. A frigideira bateu em uma pedra e ressoou como um sino. As últimas gotas de azeite do recipiente de latão caíram no chão, mas o pastor não fez nada. Os homens arrastaram os cestos de esparto e a albarda de palha de centeio. No torreão, o ruivo rasgou os bolsos da albarda e, com parte da palha do recheio, fez uma pequena pirâmide. Em cima, colocou o resto do equipamento e sobre ele aplastou os cestos de esparto, formando uma pira dentro da torre. Quando o aguazil enfiou o pavio, o esparto acendeu. O abrigo das paredes do torreão e o calor da jornada fizeram o resto. Em alguns segundos, as chamas ultrapassaram a altura das dobradiças da porta até que suas pontas se perderam no interior do tubo. Os homens se afastaram para não sufocarem e ficaram olhando as chamas lamberem e retorcerem as fibras até transformá-las em filamentos negros. Algumas pombas arrulharam nos buracos mais distantes.

O garoto nem teve tempo de se assustar. Saltaram nele todas as molas da sobrevivência e, em um primeiro momento, apertou as costas contra a parede como se assim fosse dispor de mais espaço sobre a mísula. Espaço para saltar ao outro lado do tubo, sobre a fumaça e as chamas. Suas células pensavam por ele e, entre as opções possíveis, não consideraram a de se deixar cair sobre os cestos ardentes e chegar de uma vez ao ar seco da planície. Se fosse o caso, deixaria que o fogo, como um furão cego e voraz, o lambesse até que o matasse.

Estava empoleirado a uma distância suficiente do chão para que as chamas não queimassem seus pés. Sua posição, na metade da torre, fazia com que a fumaça dispusesse de um amplo depósito por cima de sua cabeça, tão volumoso a ponto de lhe conceder mais alguns segundos antes de asfixiá-lo até fazê-lo cair sobre a pira.

Apalpou a parede às suas costas à procura de não sabia o quê: uma porta que não existia ou uma mãe que lambesse suas feridas. As chamas iluminaram o interior da torre e a esperança atravessou seu corpo em todas as direções ao distinguir uma estreita sombra vertical justo onde se posicionar. Pensou que poderia ser uma janela ou o nicho de um santo no meio da escada, como os que havia na subida ao oratório de Cristo em sua aldeia. Virou-se sobre seu exíguo degrau e apalpou a parede às suas costas à procura de apoio. Havia socavões e fendas por todos os lugares. Encaixando as mãos nos buracos, conseguiu avançar sobre os restos dos degraus ou sobre as lacunas que estes haviam deixado no muro ao se desprender. Em um tempo cuja medida já não controlava, alcançou a sombra. Uma vigia cega que dava acesso ao exterior através da parede. Acocorou-se no alfeizar triangular e enfiou as mãos entre as pedras com as quais haviam tapado o encaixe. A fumaça acumulada no interior do tubo estava chegando à sua posição. Conseguiu tirar algumas pedras, que caíram no fogo porque a angústia o impedia de controlar com exatidão seus movimentos. Para sua sorte, o aguazil fumava, tranquilo, afastado da porta, e seus homens conversavam a distância esperando a queda de um corpo e não de uma pedra.

Com a fumaça já esquentando suas costas e dificultando seus movimentos e suas intenções, conseguiu encaixar o rosto na abertura e, por fim, respirar fundo. A fumaça também começou a escapar por aquele mesmo buraco e, durante alguns infinitos segundos, sua boca aberta conviveu com a fumarada cinzenta, fazendo com que seus olhos ardessem e seus cabelos se apergaminhassem. Apertou tanto o rosto contra a pedra que as feridas que o sol provocara em suas bochechas se abriram. Em um dado momento, engoliu fumaça e teve de se afastar para tossir dentro da torre e não delatar sua presença aos que aguardavam no lado de fora. Pouco a pouco, a fumaça no interior foi se tornando menos densa e o garoto pôde desencaixar seu rosto da vigia. Tocou o rosto com os dedos negros e sentiu ardor.

Quando os cestos ficaram reduzidos a uma pilha de fios incandescentes, o aguazil se aproximou de novo da entrada da torre e inspecionou seu interior como fizera um pouco antes. Terminou o cigarro, atirou a guimba no chão, esmagou-a com o pé e disse aos seus homens que fossem embora. Então, o ruivo se aproximou da porta do torreão e aguçou o ouvido dentro do cilindro. Saiu e, aproximando sua boca da orelha do aguazil, sussurrou que talvez devessem esperar mais um pouco. O chefe olhou-o com tédio e sentou-se de novo na pedra para enrolar outro cigarro. O ruivo voltou para o lugar onde estava seu companheiro e continuou conversando com ele em voz baixa, um olhando para a torre e o outro, de costas, dominando a planície ao sul. Pareciam parentes de um defunto, esperando incomodados a hora do enterro. Ansiosos para voltar à taverna.

Quando o aguazil terminou seu cigarro, atirou-o perto do que havia fumado primeiro e o apagou com sua bota. Ajustou o sombreiro e contornou o muro sem dizer nada. O homem que olhava o torreão deu uma cotovelada no outro e juntos seguiram seu chefe. Naquele momento, os cavalos pastavam soltos no meio das cabras e o velho rezava de olhos fechados.

6

Muito tempo depois de ter ouvido os balidos alvoroçados das cabras, as vozes dos homens e o ronco do motor se afastando, o garoto permanecia em seu esconderijo. A nuvem tóxica havia acabado de escapar e o garoto imaginou os ovos estragados pelo fogo, as cascas enegrecidas e, dentro, os embriões semichocados. Havia horas que estava encaixado de cócoras, e suas pernas doíam, mas resolveu continuar aguentando porque queria ter certeza de que, quando descesse, o aguazil não estaria esperando por ele sentado à entrada da torre. Lá em cima, enegrecido mas vivo, deixou as horas passarem sem saber como interpretar a tortura a que fora submetido. Perguntou-se se haviam queimado a torre seguindo o dedo do pastor ou se, simplesmente, haviam considerado o torreão o único esconderijo possível.

Da vigia, viu a tarde cair com uma sensação de pele curtida que o exasperava. Ouviu o barulho de suas tripas e, depois de tanto tempo agachado, deixou de sentir os joelhos dobrados e os músculos comprimidos. Não ouvia a voz do pastor. Adormeceu.

Foi despertado no meio da noite por um ruído. Um grito abafado que subia da base da torre. As paredes cheiravam à fumaça rançosa e, de novo, tornou a sentir a pele repuxada e o paladar pegajoso. Olhou para fora através da vigia. A lua crescente pouco iluminava a planície, arrancando da terra alguns matizes azulados. A voz que o chamava ficou mais forte, embora não mais clara.

— Você está aí, rapaz?

Ouviu o pastor tossir e, pouco depois, chegou a ele o ruído surdo de um corpo desmoronando. Na escuridão do torreão, as pedras tinham uma superfície escorregadia, e precisou descer tateando com os bicos enrijecidos de suas botas até encontrar os buracos que poderiam sustentá-lo. Demorou a descer mais do que gostaria e, quando finalmente chegou ao solo, encontrou o velho deitado no centro da torre. Tentou despertá-lo, puxando suas mangas e balançando seu rosto sem que o homem reagisse. Grudou a orelha em seu peito para tentar ouvir as batidas do coração, mas por cima da roupa que usava não conseguiu distinguir as pulsações. Apalpou seu corpo à procura do rosto e percebeu uma umidade pastosa em cima do peito. Resolveu tirá-lo da torre para tentar ver o que estava acontecendo à pouca luz do luar. Puxando as pernas, só conseguiu, depois de muito tempo, arrastar o corpo até a porta do torreão. Uma vez lá fora, aproximou seu rosto da boca do pastor e constatou que respirava de maneira fraca e arrítmica, mas tampouco ali foi capaz de descobrir o motivo de seu abatimento.

Passou a noite acocorado ao lado do velho, imóvel. Corria uma brisa morna temperada pelo rumor de algumas cabras nervosas. A testa do homem ardia e ele gemia em sonhos sua dor como um salmo ininterrupto e acromático.

Esgotado, somente a luz da manhã em pleno avanço conseguiu despertá-lo. E, então, descobriu o que acontecera. O velho jazia imóvel ao seu lado, coberto apenas com sua roupa esfarrapada. O aguazil e seus auxiliares haviam-lhe tirado o paletó, mas fustigaram-no de camisa. O tecido estava grudado no corpo ao longo das varadas mais fortes. Tinha o rosto tomado de sangue ressecado. Os lábios, imundos, com pústulas avermelhadas. Os olhos fechados, inchados e inflamados como figos maduros. Os membros estavam arroxeados, e marcas de varas assomavam pelos costados como novas costelas desenhadas. Tentou despertá-lo balançando seu rosto, mas o homem não reagiu. Puxou seu braço com força para tentar levantá-lo, mas seu corpo parecia aparafusado aos cimentos do castelo. Esbofeteou-o com força e só assim o velho deu sinais de vida.

— Pare de me bater, rapaz. Já tive o bastante.

Prostrado, falou com a voz arrastada e os olhos fechados, e, mais que sua voz, parecia que era sua mente que se apressava. O garoto agarrou a cara enegrecida com as mãos. Percorreu a cabeça lixando a pele com a calosidade de suas palmas. Abanou seu rosto em um gesto que, em vez de amenizar, contribuía para aumentar sua tensão. Incapaz de entender o que acontecera, sentiu vontade de começar a chorar, de gritar ou de se autoflagelar.

— Traga-me água.

O garoto saiu correndo. No outro lado do muro, meia dúzia de animais degolados espalhavam-se pelo espaço que na tarde anterior a sombra da muralha ocupara. As moscas tapavam as feridas, formando sorrisos como correias de chapéu passando por baixo do queixo. Percorriam, amontoadas umas sobre as outras, as aberturas da pele, suturando-as à base de infecções e depositando ovos. As três cabras que restavam pastavam pelos arredores, alheias ao massacre, entregues a seus estômagos, ensimesmadas. O burro, ao longe. Nem rastro do cão nem do macho caprino.

O conteúdo dos cestos estava espalhado ao lado da parede. O frasco derramado, a frigideira, trapos, a vara de gancho e as tesouras de tosquiar. O cesto das passas, espoliado, e a tabaqueira, virada pelo avesso. Encontrou os garrafões tombados e sem as rolhas. Sustentou-os no ar e tentou beber, mas mal saíram algumas gotas.

Levou os recipientes ao lugar onde estava o velho e colocou-os de boca para baixo diante dele. Um grunhido de desespero ou de fatalidade saiu de seus lábios, e ele deu a impressão de que queria fechar ainda mais os olhos. A percepção acentuou a ardência das varadas e condensou seu fervor. Diante daquela exposição de dor, o garoto pensou que só a sua extrema fraqueza o impedia de se matar.

— Ordenhe uma cabra.

Decidiu abrir mão do método que o pastor usava porque supôs que levaria muito tempo cravar o balde no chão e amarrar as patas da cabra no recipiente. Encontrou sua lata de beber ali de onde a havia puxado quando vira o aguazil e seus homens se aproximarem. Limpou-a com a fralda da camisa e se dirigiu até o lugar onde as cabras pastavam. Aproximou-se com cuidado de uma delas, mas, quando o animal percebeu sua presença, saiu correndo. Procurou a seguinte, mas também fugiu de sua lata. Durante um bom tempo ficou correndo atrás dos animais, que escapavam de suas mãos como se fossem de mercúrio. Voltou ao muro à procura de uma vara de gancho e tentou recordar a forma como vira o velho usá-la. Colocou a longa haste sob um braço como se fosse um Quixote e ergueu a ponta em direção aos animais. A vara pesava mais do que esperava e, a caminho das cabras, a ferramenta o desequilibrou e se cravou no chão. Sujeitou-a com as duas mãos e se aproximou de sua presa por trás. Atacou o animal enfiando o gancho entre as suas patas, mas o bicho percebeu a manobra e fugiu. Quando já havia tentado várias vezes, decidiu que seria melhor correr atrás delas e enfiar ao mesmo tempo o pau entre suas pernas para fazê-las cair. Quando conseguiu derrubar uma, soltou a vara e jogou-se sobre ela, imobilizando os cascos até dominar o animal.

    Segurando-a por uma pata traseira, arrastou a cabra até o muro. Recuando, o animal cambaleava e caía de tempos em tempos, mas o garoto continuou puxando como se carregasse um saco cheio de coelhos. Precisara de muito tempo somente para capturar um animal e agora tinha de ordenhá-lo. Gostaria de ter aparecido atrás do torreão com a tigela limpa e cheia de leite pouco depois de ter recebido a ordem. Demonstrar ao velho que aproveitara os dias que passara ao seu lado. Que, sem que tivesse se dado conta, observara-o e assimilara parte de sua sabedoria. Não o sabia, mas desejava que o velho se sentisse orgulhoso dele. Amarrou as patas dianteiras da cabra e estas a uma pedra. Colocou a lata embaixo dos úberes e se ajoelhou atrás da cabra. Recebeu o primeiro coice na parte baixa do esterno e o segundo na maçã do rosto. A ferida que fizera ao enfiar o rosto na vigia se abriu e começou a sangrar abundantemente. Caiu de costas, sufocado, incapaz de expandir os pulmões. O diafragma surpreendido, anulado. Levantou-se e, com a boca aberta, esticou-se e encontrou parte do ar de que necessitava. Engoliu o suficiente para se recuperar, se aproximar do animal e lhe dar um chute nas costelas. A cabra se queixou e, num instante, voltou a procurar comida no chão. O garoto apalpou a maçã do rosto e percebeu os dedos resvalarem por um osso que não sentia. Olhou-os e viu que estavam tingidos de vermelho vivo. Maçãs do amor. Ainda sem tempo para pensar, percebeu palpitações em seu rosto que lhe recordaram o torreão. Fuligem cobrindo sua pele e as maçãs inflamadas pela brutal pressão contra a vigia. Os cabelos como se fossem estopa e um cheiro de fumaça rançosa que levaria a vida inteira para eliminar.

Ouviu o velho gemer no outro lado do muro e esqueceu suas feridas e os coices que recebera. Procurou pelos arredores um pouco de palha e colocou-a diante do focinho da cabra. Voltou a colocar a lata sob os úberes e depois se ajoelhou ao lado do animal. Agarrou os mamilos com suas mãos ensanguentadas e puxou para baixo. As tetas de alongaram como se fossem de borracha quente sem que delas nada saísse. Moveu as falanges, massageou as tetas. Cuspiu nas palmas das mãos e esfregou-as formando sobre a pele uma película de sangue, fuligem e saliva. Recomeçou. Os dedos deslizaram asperamente até que brotaram algumas gotas que caíram na terra. O animal queixou-se. Levou um bom tempo para conseguir extrair uma coisa parecida com um esguicho. A lata era muito estreita e, a princípio, não conseguiu dirigir o jato até ela, fazendo com que o leite caísse na poeira. Aproximou o recipiente do bico da teta e continuou ordenhando com uma das mãos. Quando obteve dois dedos de líquido, levantou-se e foi procurar o velho.

Durante seu trajeto, o sol havia ultrapassado a vertical do muro e começava a açoitar pelo lado do torreão. Encontrou o corpo do pastor estendido ao sol, desprotegido. Parecia estar inconsciente, e o garoto achou que havia demorado muito tempo. Sacudiu um braço e depois esbofeteou seu rosto, inutilmente. Resolveu levá-lo para a sombra. Agarrou o corpo pelas axilas e tentou arrastá-lo, mas era muito pesado. Respirou, sentiu um cansaço colossal e uma sede repentina que estava se formando havia muitas horas em seu paladar, mas que os acontecimentos haviam-no impedido de saciar.

Bebeu o leite do balde e, embora não restasse nenhuma gota dentro, continuou apertando durante um tempo o cilindro de metal contra seu rosto.

Caminhou sobre os torrões endurecidos à procura do burro, que pastava sobre recordações de velhos sulcos. Vestígios de que alguém estivera ali antes deles tentando arrancar da planície alguma coisa que continuava guardando com zelo. Um animal dócil e conformado que tinha sobre as canelas úlceras produzidas pelas travas. Peladas aqui e ali, restos de argila seca sobre a cabeça. Marcas do açude fugidio do canavial.

O cabresto não era suficientemente longo para amarrar o corpo, e, ao lado do velho, repassou os arredores com os olhos à procura de algum arreio ou corda com a qual pudesse tirá-lo do lugar. Não encontrou o que precisava, mas, ao procurar, viu as duas guimbas marrons do aguazil ao lado da cabeça do velho. Imaginou os homens que o procuravam fumando enquanto viam os cestos arderem e, sem querer, cerrou os dentes.

Levantou os tornozelos do pastor e amarrou a corda em volta deles: era tão curta que, depois de ter feito o nó, as botas do velho quase chegaram à boca do burro. Empurrou o peito do animal, fazendo-o recuar sem vontade. O asno zurrou ao lado de seu ouvido e sentiu o ruído perfurar sua mente. Avançaram alguns metros. Os braços exânimes do pastor, cravados no chão, ficaram para trás com o arrasto. No trânsito, as lajes calcárias desagregadas do muro iam se incrustando nas costas do velho como pederneira de trilha. O homem gemeu, e o garoto colocou uma orelha em sua boca e ouviu a respiração irregular, embora esperançosa.

Correu até o outro lado do muro e voltou com a manta do burro. Tratou de colocá-la entre as costas do velho e o chão, mas não conseguiu. Optou, então, por afastar as pedras do caminho que levava à sombra. O sol fazia seus cabelos arderem. A pele do velho, avermelhada e bulbosa. Moscas com presas pretas. Precisava parar e descansar, mas o pastor contava com ele. Engatinhando, abriu uma trilha na poeira. Afastou os seixos e os restos de cimento. Voltou a empurrar o burro e, com o primeiro movimento, o velho se retorceu, inerme. Seu queixume já se manifestava em uma frequência inaudível. Os pés no alto esticados pela corda, as costas se destroçando contra o chão e os braços como timões desgovernados no final de tudo. Romaria de defuntos.

Dispôs a manta diante da porta falsa do castelo e levou o velho até lá. Puxando-o pelos braços e pernas, conseguiu acomodá-lo da melhor maneira possível. Levantou a cabeça do pastor enfiando uma pedra lisa sob o tecido e se preparou para ouvir o que o velho tinha a lhe dizer.

Cumpriu seu primeiro desejo com uma perícia que o animou. Logo depois voltou com a lata com leite pela metade. Abriu a boca do velho com os dedos e verteu pequenos jatos pelo orifício. O pomo de adão do pastor deslocou-se sob a pele gasta de seu pescoço e fez os pelos de sua barba se moverem como um campo de posidônias à mercê das correntes. Depois, quando o velho sacudiu os dedos pedindo-lhe que parasse, levou o recipiente à boca e bebeu o que restava de um só gole.

De costas para o ancião, tentou urinar na lata, mas não conseguiu muita coisa. Fazia dias que suas micções eram escassas. Mesmo assim, despejou uns dois dedos de um líquido amarelo e denso que fedia a amoníaco. Voltou com ele ao lugar onde o velho jazia e limpou suas feridas molhando um farrapo da sua calça na urina. Percebeu que o velho ficava tenso a cada atrito do pano e que brotavam de seus olhos fechados algumas lágrimas. Em determinado momento, o velho agarrou o braço do garoto para lhe pedir uma trégua. O garoto esperou enquanto a mão do homem ficou apertando seu cotovelo. Depois, quando a garra perdeu a força, voltou ao trabalho que o pastor o encarregara. Ao terminar o curativo, tentou se levantar, mas a mão do velho continuava agarrada em seu cotovelo. Deixou a lata de lado, deitou-se junto dele e assim adormeceram.

7

Abriu os olhos quando o sol não recortava mais a sombra da parede sobre a terra, mas a espalhava e alongava em uma mancha que se estendia diante deles em direção ao horizonte vazio. O velho estava acordado ao seu lado, com as mãos cruzadas sobre o peito e os olhos cravados no céu como se quisesse infiltrar seu olhar entre as cornijas do balestreiro que pendia sobre suas cabeças. O garoto se endireitou e ficou sentado com o olhar perdido na distância. O velho falou:

— Quantas cabras restaram?

— Três.

— O macho não conta.

— Não incluí.

O ancião fechou os olhos e suspirou.

— Também o mataram?

— Não sei. Aqui só há cabras mortas.

— Olhe direito.

O garoto ficou em pé e repassou o espaço que se estendia diante deles. Contou os corpos marcando o ar com o dedo indicador

— Seis cabras mortas. O cão e o macho desapareceram

O velho pensou que, mais cedo ou mais tarde, o cão voltaria de onde estivesse. Quanto ao macho, supôs que o haviam levado pelos chifres. Talvez o aguazil o sacrificasse e colocasse sua cabeça ao lado de seus outros troféus.

— Você precisa procurar água o quanto antes.

— Se está com sede, posso ordenhar uma cabra. Já sei.

— São elas que precisam beber.

O garoto pegou o balde de ordenhar e foi procurar água. A uns metros do poço distinguiu as silhuetas de vários corvos no parapeito. Quando chegou, espantou as aves com a mão e inclinou-se junto à abertura. Ouviu um zumbido e temeu o pior. A luz inclinada da tarde mal penetrava na cavidade, mas foi suficiente para que pudesse distinguir o cadáver decapitado do macho flutuando na água com as tripas para fora. Todas as moscas dos arredores haviam sido convocadas para o banquete. Entravam e saíam como convidados de uma festa. O arco sobre o parapeito do poço, infestado de pontos negros.

Era quase noite quando voltou à parede. Contou ao velho o que havia descoberto e este soluçou diante do que se avizinhava. O garoto percebeu no pastor um desespero que nunca vira antes nele.

— Não se preocupe. Vamos encontrar mais água aqui por perto.

— Não. Não há.

— Como sabe?

— Sei.

— Então, iremos a outro lugar.

— Eu não posso ir a lugar nenhum.

O garoto ficou calado. Se o velho não pudesse se mexer, ele mesmo se veria obrigado a conseguir água. Pensou nos dias anteriores, na insolação, na sede e nas caminhadas noturnas e ficou com medo, porque somente graças à presença do pastor havia sido capaz de salvar a própria vida.

— Você terá que ir procurar água sozinho.
— Não sei onde tem.
— Eu lhe direi.
— Estou com medo.
— Você é um rapaz muito valente.
— Não sou não.
— Chegou até aqui.
— Porque estava com você.
— Porque tem vontade.

O garoto não soube o que responder.
— Você viu a coroa do Cristo lá em cima?
— Sim. Tem três pontas.
— Chamam-se potências. Uma é a memória, outra, a inteligência e a terceira, a vontade.

O garoto levantou os olhos. No alto do muro, o crepúsculo recortava uma silhueta negra na qual se adivinhavam a túnica, as mãos e a coroa. O garoto ficou fascinado com o que o velho lhe contara e, por um momento, deixou escapar suas preocupações.

— Cristo também sofreu.
— Eu não quero sofrer mais.
— Então, ficaremos aqui e morreremos de sede. E aí você deixará de sofrer.

O velho contou-lhe que havia um poço em uma aldeia ao norte. Não tinha certeza da distância exata, mas precisaria de algumas horas para chegar lá. Disse que teria de empreender a marcha o mais cedo possível na companhia do burro, mas, antes de partir, ainda tinha trabalho a fazer no castelo.

A primeira coisa que lhe pediu foi que trouxesse até o muro o cadáver da cabra parda. Depois, ordenou-lhe que tirasse os chocalhos dos animais mortos e levasse seus corpos o mais longe do castelo que pudesse.

Ficou arrastando animais sobre as pedras até bem tarde da noite. De tempos em tempos, parava e tocava as bochechas com o dorso da mão e enxugava o suor da testa. Depois de um dia ao sol, os intestinos haviam dado início a um processo de decomposição que inchava os ventres das cabras degoladas. Gases letais no amontoado de tripas. Os abutres e os corvos, que logo chegariam, terminariam formando uma coluna que seria vista a muitos quilômetros de distância. Um tornado voador com sua algaravia de penas negras sobre a terra empoeirada. Por um momento, o garoto pensou em queimar os cadáveres e afastar assim qualquer possibilidade de atrair necrófagos e enfermidades, mas logo se deu conta de que, no meio da noite, o resplendor seria avistado de muito longe. Com sorte, depois da tortura a que fora submetido no torreão, o aguazil já o dava por morto. Depois do estado em que haviam deixado o pastor, uma pira de cabras ardendo faria seus perseguidores supor que o garoto continuava vivo.

Quando acabou de empilhar os cadáveres, voltou ao castelo e se sentou ao lado do velho. Durante um tempo ninguém disse nada. O ancião, envolvido em suas dores, e o garoto, arrebentado pelo esforço. Estava prestes a adormecer quando sentiu a mão do pastor em seu cotovelo.

Seguindo as precisas instruções do pastor, afiou o vetusto facão de aço forjado. Uma lâmina de ponta achatada encaixada em uma empunhadura de agave trançado. Amolou o metal em uma pedra até que ficou com um fio prateado na borda. Depois, colocou a cabra parda de patas para cima e, segurando sua cabeça com os joelhos, enfiou o facão pela degoladura e fendeu o ventre até os úberes. Em sua casa, vira a mãe destripar coelhos e lebres. Inclusive ele mesmo dera morte a codornas torcendo seu pescoço, mas aquilo era outra coisa. Um animal de outra natureza cujo ventre ressumava entranhas cerúleas que não cabiam em suas mãos. Cravou de novo o facão e fendeu o abdômen inchado. Apesar das imperfeições da lâmina, o metal abriu as fáscias como se fossem de manteiga quente. O fedor que liberou atravessou-o como um fantasma em debandada, trazendo à memória a argila fresca. Afastou o rosto e encontrou o olhar do pastor em seu leito, observando em silêncio. Sentiu que os olhos dele o empurravam. As mãos desajeitadas do garoto eram suas mãos.

A primeira baforada se esvaneceu. Diante dele, uma banheira transbordante de azuis irisados, tecidos esbranquiçados e formas globulosas que se retorciam em todas as direções possíveis. O velho esperava que ele eviscerasse o animal e depois o esquartejasse tal como ele fizera antes com a lebre e a ratazana. A complexidade das tripas deixou-o sem iniciativa. De mangas arregaçadas, com o facão em uma das mãos, olhou para o pastor e ergueu os ombros.

— Enfie as mãos por baixo do bucho, procure o pescoço e corte por ali.

Uma hora depois, as vísceras repousavam ao lado de uma pilha de cadáveres como uma ironia caprina, uma visão dantesca do futuro ou o aviso de um pistoleiro. Pelo caminho, tivera de parar várias vezes para recolher os intestinos que haviam caído de seus braços. Durante as horas seguintes, o velho prostrado ficou dando instruções ao garoto, que cumpria em silêncio as tarefas, como se fosse um instrumento a serviço do pensamento do outro.

Começou a esquartejar a cabra desconjuntando suas patas e depois as desossou toscamente. Do novelo de carne resultante tirou tantas tiras quantas pôde, estendeu-as sobre uma pedra e salgou-as abundantemente. Em um momento do processo, cometeu o erro de enxugar o suor do rosto. O sal penetrou nas feridas das faces, esbranquiçadas pela umidade da pele. A dor levou-o a fechar os olhos e o esvaziou por dentro. Não gritou. Olhou para o céu e chorou como um São Sebastião em seu martírio de flechas. Sem saber, implorou. As mãos ardentes e o rosto que o sal cauterizava. Deu voltas em torno de si mesmo com as palmas diante do rosto como um candelabro com duas divisórias. Teria se atirado em um pântano se tivesse algum por perto. O velho assistiu à dança desconsolado, tentando se erguer, mas sem nada que pudesse oferecer ao garoto, que se ajoelhou e se dobrou, tratando de afastar as mãos do rosto. O velho esticou o braço em sua direção e o manteve assim enquanto lhe restaram forças. Depois, deixou-o cair lentamente e fechou os olhos.

À luz sedosa da meia-lua, desfez a empunhadura de agave do facão com os olhos avermelhados e o rosto ainda ardendo. Procurou nos arredores um par de estacas e cravou cada uma em um buraco do muro. Amarrou os paus com uma corda e pendurou nela as tiras de carne. O resultado desenhou sobre as pedras azuladas da muralha um sorriso grotesco que não demorou a se encher de moscas. Depois, recolheu os utensílios e agrupou-os em torno do velho como se fosse um náufrago em uma praia. Seguindo suas instruções, reuniu as três cabras sobreviventes e agrupou-as usando uma pequena corrente que improvisou com os colares dos chocalhos das degoladas. Depois atou-as a uma pedra próxima para que ficassem ao alcance da vara do pastor. Carregou o burro com a albarda e o mandil, uniu entre si os dois garrafões vazios e os dispôs sobre o lombo como se fossem um par de botas amarradas pelos cadarços.

Em plena madrugada, deram por terminados os preparativos para a viagem. A brisa mal soprava e as pedras do muro expiavam seu reaquecimento com calma. Comeram o pouco que lhes restava: migalhas de pão, um punhado de passas que haviam recolhido do chão e um pouco de vinho. Quando terminaram, o velho pediu ao garoto que se sentasse ao lado dele.

— Vou lhe ensinar a ordenhar.

O garoto, surpreso, olhou para o pastor. Em outro momento, suas palavras teriam sido um motivo de alegria para ele. No entanto, pareceu-lhe estranho que, dada a situação em que se encontravam, o pastor quisesse perder tempo com aquilo.

— É tarde. Se não sair logo, o dia vai nascer.

— Eu sei que é tarde.

— Poderá me ensinar quando voltar.

Passaram vários pássaros negros em direção ao poço. Suas asas, ao bater, soavam como se fossem tabuinhas de madeira no céu escuro. A silhueta triste do burro movia-se diante deles com a cabeça baixa. Os olhos do garoto ficaram marejados de lágrimas, mas não começou a chorar nem engoliu o ranho. Simplesmente ficou perto do velho, encurvado, sentindo o atrito do céu contra a Terra. Um rumor antigo procedente das rochas. Imaginou um moinho d'água em um bosque de faias e também horizontes com serras cortadas. O céu penetrando na terra, derramando-se sobre ela e, na direção contrária, os cumes elevando-se ao alto. Morada dos deuses. O paraíso de que tanto falara o padre. Um tapete verde no qual árvores repousavam negligentes, alheias à sua própria abundância. Bordos, abetos, cedros, carvalhos, pinheiros-de-flandres, samambaias. Água brotando entre rochas sempre úmidas. Musgo fresco atapetando tudo. Lagoas onde a transparência era a lei e o Sol iluminava os leitos pedregosos. Torrentes momentaneamente abrandadas, onde a luz desenhava espirais iridescentes.

De repente, o garoto parou de sorver o ranho, levantou-se e, agarrando uma das cabras, colocou-a diante do velho sem desfazer sequer a corrente de chocalhos. Depois, sentou-se ao lado dele e esperou enquanto o homem colocava o balde em seu lugar. Quando ficou pronto, o pastor pediu ao garoto que segurasse os úberes. Ele formou dois punhos ocos e com eles cercou os mamilos e apertou. Então, o pastor pegou seus polegares e os colocou de tal forma que as unhas empurravam os mamilos contra o interior dos outros dedos. Envolveu com as suas as mãos do garoto e, sem dizer palavra, manipulou as tetas fazendo com que o leite saísse em jorros. E assim, mediante essa imposição, o velho transmitiu ao garoto os rudimentos do ofício, outorgando-lhe nesse instante a chave de uma sabedoria perene e essencial — a que extraía leite das entranhas dos animais ou fazia com que de uma espiga pudesse brotar um trigal. Em pouco tempo, encheram o balde e a azeiteira, deixando as cabras secas. Reservaram o frasco para que o velho pudesse tomar alguma coisa no dia seguinte, e os dois beberam o que estava no balde.

Mais tarde, já montado no burro, olhou pela última vez para o pastor, que permanecia recostado. Tinha a barba cheia de fios de leite seco. Parecia adormecido ou inconsciente. Uma fina brisa recordou-lhe que, durante um bom tempo, seu rosto havia sido um astro incandescente.

— Cuidado com as pessoas da aldeia.

A voz do velho brotou de um lugar impreciso, além de sua prostração.

O garoto virou a cabeça para o norte e dirigiu os olhos a seu incerto destino. Depois, recolocou o embornal sobre a albarda e cravou os calcanhares no asno, levando-o a um trote curto, e se afastou do castelo entre arrotos ácidos.

8

A lua em quarto crescente, pendurada em um céu limpo. Milhares de milhões de estrelas sobre sua cabeça, muitas delas já mortas, enviavam sua luz em piscadelas. Devia tomar o caminho de sirga em direção ao norte até chegar a uma eclusa. Dali, avançar por uma vereda que descia suavemente por uma ladeira e segui-la por umas duas horas até chegar a um pequeno azinhal, de onde avistaria uma aldeia. Nela encontraria o poço. Segundo os cálculos do velho, se não se perdesse, poderia divisar as casas ao amanhecer.

Avançaram ao longo de um canal seco do qual, de tempos em tempos, saíam ramais que desapareciam da vista sobre os terrenos baldios. Campos azuis e vãos. De vez em quando, o garoto cabeceava sobre o burro e perdia o equilíbrio, levando o animal a zurrar, incomodado, mas sem que acelerasse nem um pouco. O garoto tinha consciência de que se deslocavam ao mesmo ritmo que se fossem caminhando, mas ainda assim preferia ir montado porque precisava guardar as poucas forças que tinha para quando chegasse ao poço.

• • •

"*Cuidado com as pessoas da aldeia.*" A cada tropeço do asno, o garoto acordava ruminando a frase do velho com uma mistura de inquietude e satisfação. Não sabia se a dissera porque sua própria vida dependia de que o garoto voltasse com a água ou porque, simplesmente, queria protegê-lo. Pouco depois, seu pescoço começou a perder o tônus, a cabeça caía sobre o peito novamente e ele se perdia outra vez em seu magma de pensamentos e recordações. O buraco, a palmeira, a vigia, o pênis do pastor, as guimbas do aguazil.

O garoto avistou a eclusa em um de seus despertares e não adormeceu mais. Meteu os calcanhares no asno e o animou, apertando seu lombo com as coxas sem obter resposta. Quando chegaram, apeou e percorreu os últimos metros puxando o animal pelo cabresto. À beira do canal, deixou-o solto, e o burro abaixou a cabeça, procurando talos secos. Trepou no tanque em que terminava a acéquia elevada. Naquele lugar, o canal formava um T com dois ramais que partiam em direções opostas. Duas comportas de ferro acionadas por seus respectivos volantes serviam para regular os fluxos. De sua atalaia voltou a vista para o sul e percorreu o canal desdentado, até que suas formas se perderam na escuridão. O leito da acéquia estava cheio de lodo seco. Virou-se e observou a planície que caía até o norte e como a vereda descia sobre ela, formando curvas. Não viu azinhais nem aldeias, apenas as ladeiras pedregosas com suas costelas de barro erodido.

Como o velho predissera, alcançou o arvoredo antes que o sol surgisse no horizonte. Amarrou o asno no galho inferior de um carvalho, caminhou sobre um leito de folhas dentadas e cascas de bolotas de carvalho e chegou à borda norte do pequeno bosque. Na penumbra das últimas árvores, divisou a aldeia. Não mais de vinte casas ao longo do caminho e uma igreja isolada entre o arvoredo e a aldeia. A alguns metros da igreja, um recinto de tapume do qual sobressaíam três ciprestes. A brisa que batia de lado balançava suas pontas como se fossem pincéis invertidos e agitava os galhos em cima de sua cabeça. Uma bolota de carvalho oca caiu sobre o acolchoado rangente, recordando-lhe a fome que estava sentindo. Não se viam sinais de vida na aldeia. Distinguiu cercados que lhe pareceram currais, mas não ouviu o berro de nenhum animal. Pensou que o lugar poderia estar abandonado ou, simplesmente, que era muito cedo para que houvesse gente fora das casas. Decidiu fazer uma primeira incursão sem o burro, para poder se movimentar com mais discrição, e depois, se as condições fossem boas, voltar para pegar o animal, carregá-lo de água e levá-lo de volta ao castelo.

Saiu a campo aberto com as primeiras luzes da aurora, caminhando com cuidado para não tropeçar. Embora as botas ainda o separassem do solo, em algum momento a parte dianteira de uma das solas havia se descosturado e agora pedrinhas entravam por ela. Agachou-se para esvaziar a bota e reparou que ainda tinha manchas de fumaça e sangue no dorso das mãos. Levou a ponta dos dedos às faces e apalpou as crostas que começavam a se formar. Ainda fedia. A brisa girou, e ele percebeu o frescor do amanhecer penetrar pelos rasgões das pernas da calça. Se houvesse algum cachorro na aldeia, não demoraria a começar a latir.

Pensar em cães afrouxou seu estômago porque o aguazil protegia sua mansão com um da cor de chocolate. *Dobermann*, assim o chamava. Orelhas espetadas em uma cabeça de pedra e o focinho untado com alcatrão revolvendo sua roupa e fazendo-o cambalear. Foram muitas as vezes em que o aguazil o submetera à sua presença quando resistia a seus desejos. O pensamento como um cinzel frio sobre suas tenras moleiras ou uma afiadíssima goiva levantando a pele de seus cotovelos à procura do osso esbranquiçado. Encolheu-se tremendo, agarrou as pernas e urinou na calça pela segunda vez em uma semana. A luz ia se aclarando ao seu redor, arrancando novas formas da paisagem.

Percorreu de quatro o trecho que o separava do cemitério. Tinha areia grudada na zona umedecida entre as pernas. Quando alcançou a parte mais próxima, ergueu-se e rodeou o recinto até chegar à esquina oeste. Dali viu algumas casas da aldeia, mas não o poço, porque a igreja se interpunha em sua visão. Cruzou encurvado o trecho que separava o cemitério do templo e alcançou a marquise que fazia sombra no pórtico. Como em sua aldeia, uma bancada de alvenaria unia entre si os pilares que sustentavam o telhadinho, à exceção de um tramo vazio que dava acesso ao templo. O espaço estava atapetado pelas folhas de uma acácia próxima que o vento havia trazido e revolvido ao pé dos assentos. A porta, desencaixada de uma dobradiça, ameaçava vir abaixo. Rodeou a construção e se dirigiu à abside seguindo a parede imunda. Encontrou pedaços de telha e adobes em seu caminho e não teve dúvida de que a igreja estava abandonada. Uma descoberta que o tranquilizou e inquietou da mesma maneira, pois, se ninguém cuidava do edifício, era porque ninguém o frequentava. Pensou que, provavelmente, não seria obrigado a se esconder de nenhum habitante do lugar. No entanto, a ausência de moradores poderia significar também falta de água. Colocou-se contra a abside da qual, por fim, pôde ter uma visão panorâmica da aldeia. A essa distância, distinguiu telhados afundados e algumas janelas soltas, e também uma colheitadeira de madeira e ferro como se fosse um cavalo de Troia devorado pela erva daninha.

Entrou na aldeia pelo mesmo caminho que o levara até o azinhal e cujo último trecho havia feito através do campo. Em ambos os lados da rua de areia, encontrou igualmente casas fechadas a sete chaves ou portas derrubadas pelas quais era possível ver o mesmo quadro repetido: vigas de madeira caídas do teto, abrindo grandes claraboias que iluminavam montanhas de escombros. Ladrilhos hidráulicos com motivos coloridos apagados e sujos. Algum quadro com a figura dos monarcas ou almanaques atrasados com anúncios de nitratos. Havia vigas de madeira com cordas de agave enroladas e pedaços de teto falso de gesso. De algumas fachadas pendiam calhas de latão cujos suportes haviam se soltado das paredes, deixando buracos que lembravam impactos de bala. As descascaduras revelavam os esqueletos das casas, vigas e escoras de madeira grossa. Aproximou-se de uma das construções e enfiou a cabeça. Cheirava a sombra e azeitonas podres. Ouviu o esvoaçar de pombas em algum lugar do telhado e seus arrulhos monocórdicos.

Até o final da aldeia, a rua se abria formando uma praça com bordas descontínuas como se fosse um ponto de encontro de caravanas de pioneiros. Em um lado, o poço de cujo arco de forja pendia uma polia sem corda nem balde. Inclinou-se sobre o parapeito de granito com poucas expectativas e, até que seus olhos se adaptaram à penumbra da cavidade, não distinguiu nada. Quando a escuridão começou a se dissolver, pôde ver a parede de uma obra descendo e, a uns cinco metros de profundidade, um arco de tijolo que cruzava o poço de lado a lado como se fosse um contraforte. Abaixo desse nível não conseguiu ver nada. Deixou cair uma pedra que tropeçou no arco e depois continuou a descer. Pouco depois ouviu o som ensurdecido da água recebendo o seixo. Atirou mais algumas pedras para confirmar. Com as mãos apoiadas no parapeito, suspirou.

Sabia muito bem o que era um poço abandonado e sua água insalubre. Percorreu as ruínas das casas desatando agaves da madeira. Alguns estavam simplesmente enrolados, mas outros, cravados com tachas de forja. Com a lâmina solta de uma balestra, tirou os pregos até que teve corda suficiente. Em uma despensa, encontrou várias latas de conserva abauladas. Colocou uma no chão e, segurando-a com a mão, golpeou a tampa com a ponta de um ladrilho. Um jato de líquido marrom saiu disparado. O cheiro era tão forte que teve de ir até a rua para respirar. Enquanto esperava, construiu um balde colocando uma alça de corda em um pote de barro. Depois, abriu com a balestra a tampa da lata de conserva, esvaziou-a ali mesmo e voltou ao poço.

Pequenas lombrigas brancas nadavam na água que subia. Deslocavam-se, encurvando-se e estirando-se como minúsculas molas. Verteu um pouco de água na lata para enxaguá-la e, quando ficou meio limpa, tirou a camisa e colocou-a na boca do recipiente a modo de filtro. Ali iam ficando as lombrigas e girinos, que pulavam no tecido como atuns em uma rede de pesca. O primeiro gole lhe soube limoso, mas era tamanha a sua necessidade que passou por cima dos avisos e bebeu até não poder mais.

Lavou o rosto enrijecido e, ainda muitas horas depois do fogo, as gotas caíram negras na poeira. Despiu-se e despendurou de novo o pote. A água não levara toda a sujeira, mas o refrescara e, pela primeira vez desde que fugira, sentiu algo parecido com as comodidades que desfrutava na casa de sua família. A mistura de fuligem, poeira, sangue e urina formava respingos escuros que escorriam pelas suas pernas. Derramou água na cabeça repetidas vezes e, antes de voltar para pegar o burro, sentou-se no parapeito para descansar.

Percebeu as primeiras dores no meio do caminho entre a aldeia e o azinhal. Cólicas que o obrigaram a se encolher como um feto em plena vereda. Ondas de pressão sob o abdômen ou a sensação, ainda feito novelo, de estar sendo golpeado no ventre. Ali mesmo abaixou a calça e defecou. Sentiu um alívio momentâneo e, por um instante, o abdômen pareceu voltar a seu ser. Limpou-se com uma pedra e, quando foi levantar a calça, uma nova cólica afrouxou suas pernas. Teve o tempo exato para tornar a abaixá-la antes que um novo jato borrasse suas nádegas e calcanhares. Sentiu uma infinita necessidade de se esvaziar e notouque se abria em seu corpo uma torneira impossível de fechar.

O burro pastava, tranquilo, amarrado no lugar onde o deixara. Mordia por igual bolotas de carvalho abortadas na primavera anterior ou aspargos anãos e crocantes. Desamarrou-o, montou e partiram. Avançaram ao ritmo sossegado do velho asno com um rebolado que tornou a revolver seu estômago. Por sorte, já não lhe restava mais nada dentro. Muitos dias à intempérie, uma noite trepado em uma vigia e a seguinte sem dormir, procurando aquela água meio apodrecida. Tê-la encontrado e, sobretudo, não ter tido de enfrentar os aldeões para consegui-la, relaxou-o de tal forma que, quando entraram na aldeia, dormia abraçado ao pescoço do animal, com a armação da albarda cravada no estômago. Como se fosse um vidente, o burro avançou pela rua arenosa até chegar à praça, onde o pote tombado formara um charco embaixo de sua boca. Quando chegaram, o burro se deteve e abaixou a cabeça para lamber a umidade do barro. O garoto se desequilibrou e, prestes a cair, acordou. Ergueu-se sobre o animal e esticou os punhos para o céu, depois abriu-os e percebeu um leve estalido no plexo solar. Desmontou, e a primeira coisa que fez foi atirar o pote no poço e dar de beber ao asno. Quando colocou o recipiente na sua frente, o animal enfiou o focinho pela boca redonda e lambeu a água até que não conseguiu esticar mais a língua. Enquanto o animal bebia, o garoto ponderou a possibilidade de descarregar os garrafões, enchê-los e depois voltar a cruzá-los na albarda. Os garrafões, envoltos em vime, eram como os que sempre vira cheios de vinho, e calculou que em cada um deles caberiam, pelo menos, duas arrobas de água. Descartou a opção por inviável e decidiu que os encheria pouco a pouco, sem descarregá-los do burro. Passou a hora seguinte tirando água do poço e vertendo-a nos garrafões alternadamente, para evitar que a trouxa se desequilibrasse e caísse no chão. Quando achou que havia completado metade da carga, resolveu se sentar e descansar. Deu a volta no parapeito à procura da parte mais sombreada, mas o sol estava muito alto e mal projetava a silhueta da pedra a meio metro. Poderia ter se enfiado em qualquer casa, mas, dado o estado lamentável da maioria dos tetos, descartou a possibilidade. Como fizera quando caminhavam até o juncal, aproximou o burro e o colocou perto do parapeito para que o protegesse. Depois sentou-se contra a pedra, segurando a corda para que o asno não se mexesse, e adormeceu.

Acordou acalorado e com uma sensação de umidade nos pés. Abriu os olhos e viu as extremidades de suas pernas enterradas em um monte de excrementos do burro, com restos de urina ao redor. O animal estava a poucos metros, espantando moscas com o rabo. Não sabia quanto tempo estava ao sol, mas por sua cabeça passaram recordações do emplastro do pastor e do cão lambendo seus dentes. "Deus!", gritou e se pôs de pé em um salto. Sentiu-se enjoado e perdeu a visão por um momento. Apoiou-se no poço para manter o equilíbrio e, ao recuperar a consciência, sentiu um ódio repentino por aquele animal ao qual apenas havia pedido sombra e até isso lhe negara. Deu duas passadas até o asno e lhe desferiu um murro raivoso na testa. O animal balançou a cabeça como se nada tivesse acontecido, mas sua dor se propagava dos nós dos dedos ao crânio como um choque elétrico. Gritou, então, entre as quatro casas derruídas e continuou gritando mais além da dor que sentia nos ossos. Um berro que o esgotou e afundou até que o levou a cair de joelhos no meio da poeira da praça.

— Você não parece muito feliz, garoto.

Pulou como um gato na direção oposta à voz que soava às suas costas e, sem olhar para trás, correu em direção ao poço e se jogou atrás do parapeito. Permaneceu quieto, tratando de ganhar tempo enquanto tentava ouvir os movimentos do homem. Durante alguns segundos só ouviu os arrulhos das pombas entre as madeiras e as telhas. Depois, o rangido metálico de um eixo que identificou como um carrinho de mão. Imaginou um lavrador.

— Saia daí, garoto. Não vou machucá-lo.

— Eu não fiz nada.

— Eu sei. Estou observando você desde que passou pela igreja.

O garoto mexeu a cabeça em todas as direções, como se quisesse encontrar os olhos de outros vigilantes atrás de cada janela da praça.

— Me deixe ir embora.

— Saia de uma vez por todas. Já disse que não vou lhe fazer nada.

— Não.

O garoto olhou para a entrada da aldeia e sopesou a possibilidade de sair correndo para o sul, mas a rua era muito longa e, se o homem tivesse uma escopeta, ele seria um alvo fácil. Pensou que, mesmo que não fosse abatido, chegar ao castelo em pleno dia seria uma aventura quase impossível. Se, além disso, voltasse sem água, o velho morreria, e não teve dúvida de que ele também.

— Como posso saber que não vai me fazer nada?

— Só precisa levantar a sua cabecinha e olhar para mim.

Os longos cabelos endurecidos, a barba negra e um saio de aniagem puída amarrado na cintura como vestimenta. Tinha as mãos incompletas e as pernas, amputadas justo abaixo dos joelhos. Correias de couro enegrecido uniam suas coxas a uma tábua de madeira com quatro rolamentos engordurados fazendo o papel de rodas. A tensão dos músculos do garoto decaiu diante da ameaça não cumprida, e então, como se observasse um quadro, percorreu fascinado o estranho corpo, dos rolimãs à cabeça. Observou-o através de um tubo de paredes calafetadas ao final do qual o homem e sua madeira lhe pareceram um único ser. Ambos, madeira e homem, estavam igualmente sujos e nem sequer o cheiro de urina e creosoto que emavava afastaram seu espanto. Embotou-o a visão do ser estranho e também seus próprios eflúvios ressecados que pouco a pouco haviam sido absorvidos por seus poros e que já pareciam fazer parte dele.

— Gostou da minha tábua?

Abandonou seu estado de assombro com relutância. O susto fora tal que agora todo o sangue de seu corpo percorria suas veias relaxadas sem propósito algum. De repente, achou aquele homem tão inofensivo que confundiu alívio com descortesia e se dirigiu a ele com displicência, sem reparar que bem poderia ser o dono do poço ou ter uma pistola escondida embaixo do saio.

— Só peguei um pouco de água.

— Não tem problema. Pode pegar toda que quiser. A única coisa é que não está boa. Talvez já tenha tido uma caganeira.

O garoto calou-se e, por via das dúvidas, contraiu o esfíncter.

— O que está fazendo aqui sozinho?

— Não estou sozinho. Meu pai e meu irmão estão me esperando no azinhal lá em cima.

— E mandaram você procurar água, não?

— Sim.

— Pois vá buscá-los. Poderão comer na minha pousada. Não lhes cobrarei muito.

O garoto olhou ao seu redor à procura de um cartaz que anunciasse o estabelecimento, mas só viu casas fechadas ou em ruínas. Amarrou a cara.

— Fica ali atrás.

O aleijado esticou o pescoço para um lado, apontando a saída norte da aldeia. O garoto achou que ele mentia, porque ninguém que estivesse bem da cabeça teria um negócio assim naquele lugar.

— É verdade, rapaz. Embora você não acredite, por este caminho se vai à capital. Quando a seca terminar, voltarão a passar outra vez por aqui os comerciantes e os viajantes.

O garoto olhou na direção que o aleijado indicara. Quase no final da rua, havia uma casa com a porta aberta e não de todo destruída. Pensou que, se aquela era a pousada, devia ser muito barata.

— Estamos com pressa. Não podemos parar para comer.

— Compre, pelo menos, um pão.

— Não tenho dinheiro.

— Leve, então, uns biscoitinhos. Quero que se lembrem de mim na próxima vez que passarem por perto.

O garoto resistia em acompanhá-lo. Temia que alguém estivesse esperando na casa, mas o aleijado falava de pães e de doces com uma alegria que o seduzia. O interior de suas bochechas se umedeceu pela visão. Recordou o torrão que comiam no Natal e teve o impulso de acompanhar o homem, mas se conteve. Pensou que aquele ser, com seus quatro dedos nas duas mãos, era incapaz de fazer doces. Resolveu que encheria os garrafões e depois iria embora por onde viera.

— São de amêndoas e açúcar — acrescentou o aleijado.

Seguiu-o pela rua de terra batida. O homem avançava impulsionando-se com um par de tacos de madeira que segurava com firmeza, apesar da falta de dedos. No meio do caminho, topou com uma camada de areia e foi obrigado a recuar e rodear o obstáculo.

— Às vezes, engancho o porco para que puxe o carro. É o melhor. Movimentar desse jeito destroça as mãos e os braços. O que eu daria para ter um burro como o seu...

O garoto imaginou o porco guarnecido com todos os arreios enganchado como se fosse um cavalo de corrida. A última vez que o garoto vira um porco fora quatro invernos atrás. Fora morto por seu pai com a ajuda de um homem da aldeia. Sua mãe fizera os embutidos enquanto ele e seu irmão revolviam o sangue com as mãos.

A casa tinha um parreiral raquítico sobre a fachada onde, talvez, como dizia o aleijado, haviam se sentado tropeiros em outros tempos. Havia uma janela em cada lado da porta com bancos de alvenaria embaixo delas. Os basculantes fechados eram de chapa verde e, no centro de cada folha, havia um losango desenhado com furos. O interior da casa estava escuro e, diante da porta aberta, o garoto não conseguiu distinguir nada no interior. O aleijado entrou na casa e se perdeu na penumbra. O garoto amarrou o burro em uma argola de ferro que havia ao lado do parapeito de uma das janelas. Agarrou o embornal pendurado na albarda e, antes de entrar, deu uma olhada no animal carregado. Pensou que, por menor que fosse o tempo que parasse para comer, deveria aliviá-lo de seu peso. Tentou levantar um garrafão, mas, embora pudesse com ele, supôs que, se o levantasse, o outro, ao qual estava unido, poderia desequilibrar o asno. Então, olhou para sua bota ainda úmida e depois colocou os nós dos dedos diante da cara, recordando o choque de dor que ainda perdurava em seu braço e no tempo que o burro o deixara ao sol. "Vai ficar aí", pensou.

O aleijado assomou a cabeça pela porta.

—Vai entrar ou não?

O garoto confirmou com a cabeça. O homem tornou a entrar na casa e o garoto se aproximou da porta com cautela. Sob o dintel, notou o frescor que saía do interior escuro trazendo aromas de carne. Da rua passou diretamente a um salão grande apenas iluminado pela língua de luz que entrava pela porta. Cheirava a madeira carcomida e a tripa seca de embutir. O ar, perfumado de azeite doce e vinagre. De repente, o aleijado abriu um basculante no fundo do aposento e a luz penetrou fazendo emergir todos os detalhes de seus esconderijos sombrios. Apareceram salsichas penduradas, costeletas, presuntos defumados, um focinho de porco seco. Ao fundo, um par de sacas grandes de farinha e um tonel. Um armário com amêndoas e garrafas de vinho. Uma caixa de madeira redonda com sardinhas salgadas arrumadas como raios de bicicleta e várias peças de bacalhau penduradas em uma barra. Sacos de castanhas secas, feijão e açúcar e, ao fundo, uma porta com uma cortina entreaberta que prometia mais comida.

—Também vendo víveres aos viajantes.

Comeu uma sopa de feijão e couve com um toque de creme rançoso. Limpou o prato de lata esmaltada com fatias de fogaça. Pediu água, mas o aleijado lhe disse que a água ainda não havia sido purificada. Para não esperar que a água da bacia fervesse e esfriasse, comeu com meio copinho de vinho caseiro, que o aleijado lhe ofereceu, voluntarioso. Depois biscoitos, tâmaras e amêndoas confeitadas.

Enquanto engolia a comida, o homem lhe disse que as poucas pessoas que restavam na aldeia tinham ido embora quando o poço deixara de "dar água em boas condições". Também falou do trânsito do caminho que atravessava o povoado e da pousada. Ele a administrava com o irmão e nela viveram ao lado dele sua cunhada e seus dois sobrinhos. Quando chegou a seca, disseram-lhe que iam procurar trabalho na cidade e que voltariam para buscá-lo com um carro quando estivessem instalados. "Isso faz um ano", confessou. Depois, quando começou a falar de tropeiros, comerciantes de lã e queijo de cabra, o garoto desabou, sonolento, na mesa.

Sonha que está sendo perseguido. O sonho de sempre. Corre de alguém que nunca vê, mas cujo hálito esquenta sua nuca. Alguém que acelera quando ele corre e se detém quando ele para. Transita pelas ruas úmidas de uma cidade que não conhece. De fato, nunca saíra da aldeia nem vira imagens de nenhuma cidade. Ruas vazias e molhadas onde a luz das lanternas ricocheteia e enverniza os paralelepípedos, fazendo com que pareçam de carvão polido. Dobra esquinas e corre por becos cada vez mais estreitos e escuros. Os passos de seu perseguidor sempre às suas costas. Entra em uma casa, percorre corredores iluminados por lanternas a gás que desprendem um halo amarelado cada vez mais tênue. O ar, quente e pastoso, cola-se à sua roupa, fazendo-o perder velocidade. O hálito atrás. Entra em um quarto onde a única luz existente está mais além das janelas. Abre portas pelas quais penetra em aposentos cada vez menores e com tetos mais baixos. Finalmente, deita-se com o peito contra o chão de tábuas que ressumam umidade e bichos. O teto é tão baixo que bate em suas costas. O ar, graxa de trem. Imóvel, preso e com a sensação de submergir cada vez mais nas profundidades da terra, à procura do magma primigênio. Depois, alguns segundos de consciência na estreiteza de seu ataúde e, por último, um espasmo que bate sua cabeça contra a mesa.

Acordou sozinho e acorrentado pelo pulso esquerdo à única coluna da sala. Tinha um pequeno corte na testa. Sentia dor na cabeça e no estômago. Precisava defecar, mas não conseguia se mexer mais de um metro. As janelas estavam fechadas de novo e apenas se distinguiam os pontos de luz que penetravam pelos buracos da chapa dos basculantes. Tentou tirar a mão do grilhão, mas estava muito apertado. Estirando o braço o quanto pôde, conseguiu alcançar a janela com a ponta de um pé. A posição o fez arrotar e percebeu que os ácidos da comida subiam por sua garganta, deixando um gosto de bílis na boca. Tocou a folha com a ponta da bota, mas não tinha liberdade suficiente para poder empurrá-la. Tateou ao seu redor à procura de algum objeto que lhe servisse, mas a única coisa ao seu alcance era a cadeira de vime em que estava sentado. Com a mão livre, agarrou-a e tentou alcançar a janela, mas era muito pesada e não conseguia manipulá-la. Enfiou a mão entre as lâminas do respaldo e assim, apoiando a cadeira no antebraço, conseguiu levantá-la acima da cabeça. Com os olhos fechados, estatelou-a contra a mesa e percebeu que o móvel se desarticulava e perdia peso. Continuou batendo até que só restaram em suas mãos as duas tábuas do encosto e o pé torneado no qual estavam encaixadas. Tateou com os pedaços de madeira a janela fechada, quebrou o vidro e empurrou para fora as folhas de metal. A luz que penetrou não era a mesma que havia entrado quando o aleijado abrira a casa de manhã, mas era suficiente para iluminar o aposento.

A primeira coisa que descobriu foi que o burro não estava onde o deixara. Constatou que a peça que aprisionava seu pulso era uma argola de ferro com cadeado. Bateu o fecho contra a mesa e depois contra o chão, mas o metal não cedeu. Olhou ao redor, procurando alguma coisa que pudesse lhe servir, mas só encontrou comida e bebida. Caminhara pela imensidão da planície comendo amêndoas e bebendo leite de cabra e, agora que estava cercado daqueles manjares, não podia se mexer.

Em pé, amarrado à coluna de ferro, tentou desenhar a situação em que se encontrava: estava acorrentado, o aleijado desaparecera e o burro não se encontrava mais onde ele o amarrara. Apesar de ser, provavelmente, a única pessoa da comarca com comida suficiente para aguentar um ano, o aleijado fugira, deixando-o preso. Construiu em sua mente a imagem da tábua com rolimãs puxada pelo porco, tal como lhe contara o aleijado antes de entrar na pousada.

Perguntou-se se era tal sua ânsia de liberdade que abandonara tudo por um burro velho. Pelo menos, não o assassinara para ficar com o animal. Pensou no pastor. Imaginou-o estirado ao pé da muralha, prestes a parar de respirar. Os corvos quietos sobre a cabeça do Cristo ou posicionados no balestreiro aguardando sua vez. As cabras enlouquecidas pela falta de água. Entendeu que ele poderia ter a mesma sorte se não conseguisse escapar. Morreria de fome ou de sede, atado àquela coluna. Tentando encontrar algum consolo, pensou em sua família, mas não o encontrou porque havia sido ela que o empurrara até aquele lugar.

Em cima da mesa ainda estava o prato no qual comera, cercado de lascas de madeira e pedaços da cadeira que havia quebrado. Afastou com a mão um pedaço de tábua para se sentar e só então reparou em uma coisa que sua ânsia por engolir o impedira de ver. Em um canto da mesa, ao lado de um alguidar esmaltado, estava um cinzeiro de lata. Nele, uma única guimba marrom; ao vê-la, empalideceu, e seu estômago voltou a se soltar. Aclararam-se, então, suas suposições sobre a fuga do aleijado, e não sentiu nada além da necessidade de escapar dali e alcançar o homem que iria delatá-lo.

Tentou colocar suas ideias em ordem. Não sabia quanto tempo passara adormecido nem quando o aleijado partira. A única coisa que sabia era que precisava alcançá-lo antes que encontrasse o aguazil. Forcejou com o grilhão, experimentando posições que lhe permitissem tirar a mão até que o atrito com o ferro o feriu. Olhou ao seu redor, procurando alguma coisa que pudesse ajudá-lo, mas o aleijado se encarregara de colocar fora de seu alcance qualquer objeto que lhe pudesse servir de ferramenta. A única coisa a que tinha acesso eram as salsichas penduradas na parede; sem dúvida, pensou, uma coisa planejada pelo seu carcereiro para mantê-lo vivo até que voltasse com o aguazil. Perguntou-se pela recompensa que teria oferecido por ele.

Aproximou-se o quanto pôde da parede e alcançou os embutidos. Puxou um pedaço de toucinho da parede, fazendo com que o gancho que o sustentava o soltasse. Manuseou-o o máximo possível e depois esfregou o pulso preso com o sebo. Tentou tirar a mão, sem êxito. Esfregou o toucinho energicamente na argola, como se assim o ferro fosse amolecer. O cheiro rançoso da gordura misturava-se com o fedor exalado por seu corpo. Segurou o metal com a mão livre e puxou a que estava presa, enquanto a girava dentro do aro. Tentou a manobra, segurando a argola com os joelhos e puxando com as duas mãos. Machucou o pulso e desistiu.

Com os cotovelos apoiados na mesa de madeira, a argola um pouco caída por baixo do pulso, tentou movimentar o polegar a partir de sua base. Voltou a untá-lo com gordura e massageou-o longamente. Procurou a articulação da mesma maneira que sua mãe procurava os astrágalos nas coxas das galinhas. Os dedos em pinça em ambos os lados da articulação, fazendo com que as falanges deslizassem entre si. Depois, quando seu dedo e sua cabeça se aqueceram, enrolou o guardanapo com o qual havia comido e colocou-o entre os dentes. Enganchou a argola em uma ferragem da mesa e puxou com todas as suas forças. Percebeu que o ferro rasgava a pele de seu polegar e que seus ossos se juntavam nos nós e se acomodavam, ajudados pela gordura, no anel que o prendia. Em certo momento, a mão se encaixou e não conseguiu puxar mais. A pele ardia e a pressão lhe causava uma dor insuportável. Chorando, apoiou a sola da bota na grossa perna da mesa e, agarrando o pulso preso com a mão livre, deu um último e brusco puxão que o fez perder o equilíbrio até que caiu sobre os sacos que estavam às suas costas.

INTEMPÉRIE

Cuspiu o guardanapo e, soluçando, aproximou a mão para poder examiná-la, mas, como as janelas estavam fechadas, mal entrava luz no aposento. Abriu o ferrolho do portão e saiu à rua onde a tarde caía alaranjada pelo oeste. O polegar estava ensanguentado e não conseguiu ver o alcance de sua lesão. Tornou a entrar e se dirigiu ao tonel. Tirou a rolha do orifício e deixou que a água que saía a torrentes caísse sobre a ferida. Bebeu um gole e voltou a colocar a rolha no lugar. Uma tira de pele franzida pendia do dedo. O grilhão levantara-a até deixar o osso à vista. Levou a mão ferida ao peito e, agarrando-a com a outra, chorou de dor e de raiva.

Colocou a tira de pele em cima do osso e a esticou o máximo que pôde para tentar tapar o corte. Enrolou a mão com o guardanapo e fez um nó com a ajuda dos dentes. O sangue manchou o pano.

Enfiou em seu embornal dois chouriços, uma navalha, fósforos, uma garrafa de água e outra de vinho, e saiu à rua. Olhou o céu e calculou que ainda restavam duas ou três horas de luz. Um rastro de ferraduras e rodas estreitas saía na direção pela qual havia chegado à aldeia. Ajustou a correia do embornal, apertou a mão contra o peito e começou a correr.

Quase anoitecera quando distinguiu a figura do asno avançando lentamente para o sul sobre um caminho em linha reta, flanqueado por valetas de bueiro. O buraco de sua bota havia cedido e ele estava havia muito tempo meio correndo, meio andando, com a ponta da sola pendurada como se fosse uma língua negra. De vez em quando, o cascalho penetrava pela abertura, mas só quando sentia algum espinho cortante detinha-se para esvaziar a bota. À medida que se aproximava de seu objetivo, reduziu a marcha e ficou ao lado do caminho porque pensou que, se o aleijado o pressentisse e olhasse para trás, poderia se atirar em uma das valetas que corriam ao lado da estrada. Quando estava a cerca de cem metros de distância, teve uma imagem clara da confusão que o homem havia armado. Fizera com uma corda uma coleira tosca da qual saía uma outra que cercava o animal por trás, como a rédea de uma junta. Enganchara a tábua na corda e fustigava o animal nos quartos traseiros com uma vara meio descascada. Uma carroça rachada que deslizava lentamente ao rés-do-chão. O animal estava novamente aparelhado com quatro balaios de esparto, em dois dos quais reconheceu seus garrafões de água. Teve que imaginar o aleijado liberado de sua tábua, apoiado sobre as juntas de seus joelhos, para entender como conseguira descarregar o asno, tornar a aparelhá-lo com os novos cestos e meter de novo os garrafões neles.

A distância, o garoto pensou que o aleijado devia ser um homem muito ambicioso para empreender uma viagem daquelas por uma recompensa, coisa que o fez perguntar-se mais uma vez pelo preço que o aguazil havia oferecido por ele.

Quando faltavam poucos metros para alcançá-lo, ficou mais cuidadoso. Sabia que não poderia falhar e por isso pegou uma pedra angulosa do tamanho de uma batata grande, apontou a cabeça do aleijado e lançou-a. O projétil passou por cima do homem e bateu nos quartos traseiros do burro. Pela primeira vez desde que o conhecia, o animal saltitou e zurrou com todas as suas forças. Procurou as ancas com o focinho e distribuiu coices à direita e à esquerda, um dos quais atingiu a testa do aleijado, deixando-o inconsciente. O burro começou a correr sem rumo, como se puxasse um arado de sinos. Arrastou o corpo inerte do aleijado com a tábua amarrada às coxas, de um lado ao outro do caminho. A cabeça murcha quicava sobre as pedras. Então, o asno se acalmou, girou sobre si e avançou aos empurrões até o garoto. À medida que se aproximava, diminuía o passo até que, quando estava muito perto do garoto, parou. O garoto, paralisado pela violência do que acabara de assistir, olhava-o fixamente como se tivesse dominado um touro com o pensamento. Esticou a mão para o animal e o asno acudiu mansamente para cheirá-la. As bordas da tábua haviam arranhado a terra batida, marcando o solo com sulcos que o corpo do aleijado traçara aqui e ali. As mãos do garoto procuraram a queixada do animal e massagearam o pelo que deslizava, fofo, sobre a mandíbula. O asno bufou pelas ventas como uma criança enfadada até terminar de se livrar de toda a dor que a pedrada lhe provocara.

Passou um tempo abraçado à cabeça do animal enquanto a noite se fechava ao seu redor. Descansou em um silêncio que só era alterado pela cauda do asno ao espantar as moscas-varejeiras. Estava ali em pé, parado, deixando-se levar ou esperando que um sopro de valentia o ajudasse a comprovar se o homem estava vivo ou morto. O burro balançou a cabeça, e o pesado pelo da crina que assomava entre as orelhas espetou sua testa. Então, afastou-se dele, esticou-se e, como se de repente aquele fosse seu ofício, rodeou decidido o animal e se situou diante do corpo inanimado de seu delator. Aproximou uma orelha da boca do homem e constatou que respirava. Apalpou-lhe o paletó e, no bolso de dentro, encontrou um envelope com tabaco, um isqueiro e um papel dobrado. Abriu-o e moveu-o na direção do crepúsculo. Não distinguia o texto, mas sim os tipos grossos do documento que anunciava seu desaparecimento. Ofereciam vinte e cinco moedas a quem fornecesse informações confiáveis sobre o seu paradeiro. Dobrou de novo a folha e tornou a colocá-la no lugar.

Cortou as cordas que uniam a tábua à coleira e deu uma palmada nas ancas do burro, desfazendo o centauro. O animal se colocou em um lado do caminho, deixando o homem estirado no chão com a tábua atada nas coxas. Os rolamentos sujos e silenciosos olhando para o céu e a marca da ferradura na sua testa, como um U avermelhado. Uma linha quebrada de sangue brotava da ferida que um dos pregos havia aberto. A violência da cena ou o pensamento recorrente de que aquele homem ia colocá-lo nas mãos de seu verdugo o enervaram. Deu-lhe um pontapé nos rins que recolocou o aleijado entre as pedras do caminho em uma nova posição, ao mesmo tempo que lhe arrancava um queixume sonolento. A boca entreaberta contra a terra, os lábios empanados com areia e um ponto vermelho no lugar da terra onde o sangue caía.

Olhou ao redor, reconheceu alguns acidentes do terreno e calculou que já deviam estar perto da eclusa. Enquanto perseguia o aleijado, só havia levado em conta uma possibilidade: a de abatê-lo, abandoná-lo e seguir em frente com o burro levando a água do pastor. Agora, com o corpo grosseiro a seus pés, tinha de reconsiderar suas alternativas. Sabia que deixá-lo naquele lugar significava condená-lo a morrer em um ou dois dias sob um sol que parecia um martelo. Levá-lo com ele seria carregar um peso a mais e, mesmo que jurasse estar arrependido de sua tentativa de delatá-lo, certamente seria uma fonte de problemas quando reencontrassem o pastor. Considerou a opção de empreender o caminho de volta à aldeia e deixá-lo a salvo entre seus víveres. Mas, nesse caso, certamente chegaria muito tarde ao seu encontro com o pastor.

O garoto, com o polegar palpitando debaixo do guardanapo e os pés esfolados, tratou de colocar em ordem suas alternativas para poder agir com juízo. Devia tomar uma decisão e salvar um homem, mas, ao mesmo tempo, estaria condenando outro à morte certa. Seu coração estava com o pastor, mas era o corpo do aleijado que se esvaía em sangue a seus pés, cuja imagem retorcida arrastaria pelo resto da vida. Entendeu que, não importava o que fizesse, cometeria um pecado mortal, e isso lhe trouxe à memória a figura do padre no púlpito: a casula amarelada, o dedo erguido, a curvatura de seu ventre e sua saliva chovendo sobre os fiéis. O justo e o fariseu, o sábio e o néscio, o manso e o sátrapa, a meretriz e a mãe. As categorias com as quais se teciam, aparentemente, os desígnios do Senhor e seus opostos. Sermões que não o iluminavam. Pensou que o inferno que o esperava no final de seus dias não devia ser muito diferente do sofrimento em que vivia. Que aquele poço flamígero, carregado de almas negras, bem podia ser a planície com sua caterva de egoístas.

    A seus pés, o aleijado pareceu voltar a si, retorcendo-se disforme ao lado de sua montaria. Gemia palavras resinosas que não conseguiam solidificar nenhuma expressão conhecida. O dialeto do guardião que haveria de recebê-lo às portas do Hades. Imaginou as pernas do aleijado no meio do mato. Pensou no pastor, em seu pai e, por último, no aguazil. Sua imagem ficou presa em suas pálpebras como uma fogueira palpitante. O homem voltou a gemer, e o garoto, com os dentes cerrados, deu-lhe um pontapé na boca que devolveu-o ao lugar em que estava antes e, de passagem, abriu uma janela em seus dentes podres. Percebeu o sangue percorrendo seu corpo e como o queimava por dentro. Sua cabeça martelava e tinha a bota cheia de pedras. Olhou ao redor, talvez à procura de testemunhas ou de auxílio, e não encontrou nada. Apenas os restos de uma alverca abandonada a uns metros do caminho. Por um momento, pensou em levar o aleijado até lá e atirá-lo dentro para que ninguém o encontrasse ou para que morresse cozido no dia seguinte. Poderia arrastar seu corpo nu sobre as rochas, atar suas mãos aos tubos de ferro que emergiam do solo perto da alverca e desmembrá-lo com a ajuda do burro. Poderia levá-lo com ele, curar suas feridas e lhe pedir perdão. Então, o homem emitiu outro gemido distante e o garoto olhou para ele. Deu dois passos para trás e depois aplicou-lhe um novo pontapé no rosto, quebrando seu nariz. Era esse o tamanho de seu desassossego.

9

Fustigava o burro sabendo que não aceleraria o passo. Queria afastar-se o quanto antes do lugar em que agora o aleijado repousava. Ruminava uma justificativa que não lhe servia para nada. Alguma coisa sobre justos e pecadores, ou sobre a agulha, o camelo e o reino de Deus. Não tinha certeza de tê-lo condenado a uma morte iminente. Antes de abandoná-lo, despejara junto ao corpo todo o conteúdo do seu embornal. No entanto, ele levara o burro carregado com os dois garrafões de água e a comida que o aleijado havia recolhido para sua viagem à procura do aguazil. Talvez a rota estivesse mais movimentada do que imaginava, e na manhã seguinte já estaria a salvo na caravana de algum viajante, entre sacos de castanhas e frutas secas.

Ainda era noite quando divisou o perfil roto do castelo. A meia-lua desenhava a ruína com a textura de uma aguada azulada. À medida que se aproximava, distinguiu a pilha de cadáveres de um lado e ouviu o chocalho de alguma cabra desperta. O som alegrou-o porque, desde que deixara o castelo na noite anterior, sentia um peso no fundo do estômago: a ideia de que, quando regressasse, o pastor não estivesse mais ali. O som do chocalho não era o pastor, mas, pelo menos, não era o silêncio absoluto. Esporeou o burro e o incentivou, empurrando-o com movimentos de cintura. Perto das cabras mortas, ouviu o zumbido monótono de milhares de moscas que não via e imaginou-as como uma nuvem negra sobre a montanha morta. O ar não chegava até ele, mas, mesmo assim, teve de cobrir a boca para que aquela peste tóxica não o fizesse vomitar. A alguns metros da parede, apeou de um salto e caminhou depressa até o lugar onde deixara o pastor com seus utensílios, mas, antes mesmo de ver como o velho estava, queria encontrar o balde, colocar água para ferver e lhe dar de beber. Encontrou os pertences do pastor no mesmo lugar em que o deixara, mas seu leito estava vazio. Agachou-se ao lado da manta e passou a mão por cima, tentando confirmar o que seus olhos viam. A tensão que carregava se evaporou e ele sentiu-a elevar-se até se unir à corrente térmica que subia ao lado do muro. Sentou-se ao lado do leito do velho e, com os cotovelos sobre os joelhos, tapou o rosto e começou a chorar. A fuga infantil, o sol abrasador, a planície incapaz de se inclinar a seu favor. Sentiu a imobilidade que o cercava, a mesma qualidade inerte em tudo quanto podia tocar ou ver e, pela primeira vez desde que iniciara sua fuga, teve medo de morrer. Estremecia-o a possibilidade de seguir seu caminho sozinho e, como um clarão avermelhado, apareceram as silhuetas de sua casa à margem da ferrovia e do silo. Regressar por decisão própria. Abandonar sua luta desesperadora contra os homens e a natureza e voltar para casa. Não ao lar, mas a um simples abrigo. Voltar em piores condições do que tinha antes de partir. Não era o filho pródigo. Era ele quem havia repudiado sua família e quem deveria enfrentar seu veredito. Pensava assim porque a planície o erodira de uma maneira que nem sequer concebia quando vivia sob um teto. Esgotava-o tal desamparo e, em momentos como aquele, teria trocado o mais precioso de seu ser por um momento de calma ou para satisfazer suas necessidades mais básicas de forma tranquila e natural. Proteger-se do sol, arrancar da terra cada gota de água, autoflagelar-se, desfazer seu próprio cativeiro, decidir a vida dos outros. Coisas impróprias para seu cérebro ainda em formação, para seus ossos por crescer, para seus músculos hipotônicos, para suas formas às portas de um molde maior e mais anguloso. Imaginou o corpo exânime do velho sendo arrastado pela motocicleta do aguazil. Os auxiliares rindo em seus cavalos.

Na penumbra, colocou as mãos como se fossem um receptáculo para seu rosto. Um lugar pequeno e quente no qual se recolher. Um cubículo a partir do qual não precisasse presenciar, por obrigação, o espetáculo eterno e fútil da planície. Em seu recolhimento, encontrou uma das mãos sujas e a outra envolta em um guardanapo empoeirado. A bola que escondia seu polegar descarnado e palpitante. Nem sequer ali havia descanso para ele.

— Levante-se, rapaz.

A voz do pastor, branda e aguda, e sua mão ossuda sobre o ombro. O garoto levantou-se como uma mola e, sem sequer olhar para o pastor, abraçou seu corpo adoentado. Afundou-se em seus trapos para se fundir com ele, para penetrar no aposento sereno que suas mãos acabavam de lhe negar. Era a primeira vez que estava tão perto de alguém sem estar lutando. A primeira vez que colava seus poros aos de outra pele e deixava fluir por eles os humores e substâncias que o conformavam. O pastor recebeu-o sem dizer palavra, como quem acolhe um peregrino ou um exilado. O garoto se abraçou ao torso do pastor até fazê-lo bufar, incomodado. "As costelas", disse, e automaticamente o nó se desfez e se separaram. O que veio a seguir não foi vergonha. Talvez uma distância mais de acordo com as leis dessa terra e desse tempo. A semente, em todo caso, estava lançada.

. . .

Depois de ferver a água e de dar de beber ao pastor e às cabras, comeram as carnes salgadas do aleijado até que só restaram as cordas e beberam seu vinho. O velho, em tragos longos, e o garoto, em um teatro de caretas de desagrado que tentava ocultar sem êxito. Bebia porque o pastor o fazia e porque sentia que, depois de sua estranha viagem, era outro: o garoto que arriscara a vida para levar água a algumas bestas ou que apedrejara a cabeça de um homem inválido. Depois, quando se sentiram saciados, o garoto narrou ao pastor suas peripécias.

— Precisamos encontrar o inválido antes que os corvos o matem.

O garoto sentiu a tensão de seus músculos voltar do céu e suas mandíbulas se apertarem. Virou a cabeça para o velho, incapaz de compreender o que acabara de ouvir, mas o homem não lhe devolveu o olhar. Sabia que o que fizera não era correto, mas, antes de partir para socorrer o homem que quisera matá-lo, esperava uma palmada no ombro ou que o velho apertasse sua mão com força, em sinal de aprovação ou de respeito. Se o pastor não estava disposto a recebê-lo como a um herói, se não ia reconhecer o sacrifício que fizera, pelo menos que não o obrigasse a tornar a enfiar a cabeça na boca do leão. Observou as mãos do pastor, inchadas pelas pancadas, e, mesmo não podendo ver seu rosto, recordou seus olhos inflamados e também as vergastadas da chibata em suas costas com seus triângulos finais. Entendeu que não seria o velho quem lhe entregaria a chave do mundo dos adultos, esse em que a brutalidade é usada sem outro motivo além da cobiça ou da luxúria. Ele usara a violência tal e qual sempre vira fazer aqueles que o cercavam, e agora, como eles, reclamava sua porção de impunidade. A intempérie empurrara-o para muito mais além do que sabia e do que não sabia acerca da vida. Levara-o até a própria fronteira da morte, e ali, ao meio de um campo de terror. Ele levantara a espada ao invés de oferecer o pescoço. Sentia que havia bebido o sangue que transforma as crianças em guerreiros e os homens em seres invulneráveis. Acreditava que o velho o faria passar, coroado de louros por um escravo, sob o arco da vitória.

— Esse bastardo aleijado me acorrentou e fugiu para avisar o aguazil.

— Também é filho de Deus.

— O *filho de Deus* quer que morramos.

Acordaram antes da aurora e tomaram o caminho de sirga em direção à eclusa. O velho, montado no burro, com a cabeça descaída, e o garoto à frente, com uma vara em uma das mãos e o cabresto na outra. Como o cão não estava mais com eles, era ele quem devia obrigar as cabras a seguir em frente quando paravam para comer.

Enquanto caminhavam, só pensava no aleijado. A imagem do monte de carne e ossos que deixara atirada na poeira aparecia sem cessar. Ainda estaria lá? Teria conseguido se virar e colocar as rodas no chão? Segundo lembrava-se, os eixos da plataforma eram muito largos. Uma vantagem para não capotar a cada buraco, mas um problema na hora de ficar de novo em pé em caso de acidente. Não sabia o que sentiria quando tornasse a vê-lo. A última vez que se olharam na cara tratavam-se por *compadres*. Depois vieram o cativeiro, o roubo do burro, a fuga, a pedrada pelas costas, os pontapés e o abandono, e não teve mais oportunidade de esclarecer nem de explicar nada.

À medida que amanhecia, começaram a distinguir as montanhas ao fundo. A planície, um mar que se detinha ao pé das elevações ao norte. Naquele momento, apenas uma miragem aquosa. Uma fortificação, um marco ou uma recordação de que poderia existir um lugar onde fosse possível respirar melhor. A visão brumosa daquelas montanhas fazia-o sentir uma atração magnética. Imaginou a si mesmo no final da planície, justo aos pés dos primeiros contrafortes. O pastor e os animais o acompanhavam. Ao lado deles, adentrava os montes por uma ondulação do terreno e subiam a um altiplano, avançando por uma vereda que serpenteava entre árvores que não conhecia. O caminho se apoiava em ladeiras florestadas e entrava e saía seguindo o percurso de leitos sombreados. De tempos em tempos, paravam para descansar, e ele se entretinha fazendo barquinhos com a casca caída de grandes pinheiros. Acima, na pradaria, instalaram-se em um curral de pedra com telhado de urze. Em sua fantasia, o rebanho havia crescido e se espalhava ao longo e ao largo de uma meseta verde e cheirosa. Ao norte, as montanhas continuavam ganhando altura. Alçavam-se acima das franjas dos bosques e dos arbustos como pedúnculos de pedra lavada. Depois os cumes, brancos. Geleiras embutidas nas rugas do terreno como arranhões gigantes. Ao sul do prado, uma garganta desmesurada formava um balcão de onde se podia dominar a planície. A mesma que agora transitavam com os olhos entumecidos sob o martelo daquela frágua solar. À tarde, depois de terminar o trabalho com as cabras e acomodar o velho em seu colchão de palha, ele se sentaria à beira daquele balcão, contemplaria a planície e a veria enevoada e distante. De sua ampla atalaia, convocaria os anjos e os arcanjos para que levassem à sua aldeia a chuva que devolveria aos trigais a fertilidade perdida. Os homens e suas famílias voltariam, ocupariam suas antigas casas e o silo se encheria de novo. Todos nadariam empanturrados de suas riquezas, o aguazil receberia seus tributos e ninguém mais voltaria a se lembrar do pequeno desaparecido.

Alcançaram a eclusa em uma hora na qual o sol já aplastava tudo. Ajudou o velho a descer do burro e acomodou-o contra um freixo oco. Beberam água quente da que haviam fervido na noite anterior. O garoto se dirigiu ao velho.

— Não temos comida.

— Terá que procurar alguma coisa nas redondezas.

— Por que deixamos as tiras de carne no castelo?

— Ainda não estavam curadas.

— Talvez tivessem curado durante a viagem.

O velho olhou chateado para o garoto porque não estava acostumado a ter de dar explicações.

— Não contava que teríamos que partir tão cedo do castelo.

O velho ergueu o pescoço e sua cabeça se alçou como uma flor brotando no meio da podridão. Um olhar calcário formou-se em seus olhos e com ele empurrou o garoto até que este começou a buscar o peito com o queixo sujo.

Então, o pastor mandou o garoto ir procurar raízes de pau-doce, indicando com o dedo as zonas onde seria mais fácil encontrá-las. O garoto, sem levantar os olhos, tirou o facão do embornal do velho e caminhou até uma pequena escarpa ao pé da acéquia. Pensou que, nessa época do ano, teria de cavar muito para encontrar algum resto fresco que fosse possível mordiscar.

Voltou com as mangas manchadas de terra e três ou quatro raízes retorcidas. Junto do velho, dividiu-as em paus do tamanho de lápis e pelou as pontas de duas delas. O homem começou a morder sua raiz, mas logo parou porque até a mandíbula doía.

— Está doendo muito?

— Sim.

— Conhece algum curativo?

— Você terá que limpar as minhas feridas.

O garoto puxou o corpo do velho e afastou suas costas do tronco da árvore. Tirou seu paletó com cuidado e colocou-o ao lado. Depois desabotoou a camisa e deixou seu peito descoberto. Por sorte não havia nenhuma ferida que estivesse aberta ou supurada, mas o pastor estava muito fraco. Seguindo as instruções do homem, molhou um pedaço de pano na água e, com extremo cuidado, passou-o ao longo das chibatadas. O pastor não se queixava de nada; limitava-se a cerrar os dentes e fechar os olhos quando o garoto esfregava com muita força. O garoto pensou que talvez o ancião tivesse quebrado algum osso ou, simplesmente, que era muito velho para suportar uma surra como a que havia levado. Recordou a primeira vez que o vira enrolado em sua manta no meio da noite e também o tempo de que necessitara só para se sentar no chão. Entendeu, então, que a vida do pastor, antes de terem se encontrado, certamente limitara-se a levar as cabras de um alqueive a outro, sem percorrer longas distâncias. Por que se esforçara para ajudá-lo? Por que esse vagar acima das possibilidades de seu corpo? Por que não o entregara ao aguazil no castelo? Seu silêncio levara-o a perder a maior parte de seu rebanho e, além disso, colocara-o às portas da morte.

Obrigou o velho a se deitar de lado, embaixo da sombra do freixo. Até então, seus cuidados haviam se limitado a abrir os botões de sua camisa e limpar o peito e os costados. Cinco grossos sulcos marrons cruzavam suas costas de ponta a ponta. Neles, o pano sujo afundava sob o sangue seco. Informou ao velho a respeito do que via, e este foi lhe dizendo como tinha de proceder. Primeiro empapou as suas costas, vertendo água com a tigela para amaciar o sangue seco e poder afastar o tecido sem abrir as chagas. Repetiram a operação várias vezes até que, com extremo cuidado, o garoto começou a puxar o tecido. Quando tirou a camisa por completo, estendeu-a o melhor que pôde no chão para que o velho pudesse ver nela o negativo das suas costas. A imagem turvou-o mais do que a dor das próprias feridas, e ele passou um tempo olhando aquela representação de seu martírio. Depois, perdeu repentinamente o interesse pela peça e voltou a se recostar para que o garoto pudesse continuar o trabalho. A maior parte das marcas apresentava inchaços e pústulas esbranquiçadas, os sinais da infecção. O garoto descreveu para o velho o estado das feridas, e então o velho entendeu que, sem álcool e sem descanso, seria aquilo, e não a artrose, que acabaria com ele.

— Quando eu morrer, me enterre o melhor que puder e coloque uma cruz no túmulo, mesmo que seja de pedras.

O garoto parou de limpar.

— Você não vai morrer.

— Claro que vou morrer. Você vai colocar a cruz?

A visão que o garoto tinha da planície a partir daquela sombra miserável tornou-se aquosa. As suaves ondulações do terreno, os restos da acéquia e as montanhas às quais se dirigiam deformaram-se aos seus olhos.

— Você vai colocar a cruz?

— Vou.

• • •

Esperaram sonolentos que o sol perdesse força e então retomaram a marcha. O garoto havia colocado o paletó do velho por cima dos ombros. Poucas horas depois avistaram a acéquia. Ao longe, nenhum sinal do aleijado. O garoto pensou que talvez tivesse conseguido se arrastar até algum pilar da acéquia para se proteger do sol. Avançaram até que conseguiram abarcar todo o espaço ao redor do ponto no qual devia estar o homem e não encontraram sinais dele. O garoto soltou o cabresto e saiu correndo até a alverca. O aleijado não estava lá dentro nem tampouco apoiado em nenhum dos pilares derruídos do canal. Inspecionou a borda do caminho, procurando o lugar exato em que o havia abatido, e não demorou a encontrar pequenas manchas de sangue sobre algumas lajes e, um pouco mais adiante, a pedra angulosa com que atingira o burro. Também encontrou as pegadas de, pelo menos, dois cavalos, e viu que a terra do talude central estava levantada em vários pontos. Seguindo as marcas das ferraduras, descobriu que os cavalos haviam se separado e que um deles partira para o norte e o outro para o sul. Em um lado do caminho, restos frescos de esterco. O pastor e as cabras chegaram.

— Não está mais aqui — disse, apontando com o queixo o monte de merda.

Passaram a noite dentro da alverca. A circunferência tinha uma brecha que chegava até o chão, e o garoto ajudou o velho a entrar por ela. O fundo ardente devolvia-lhes o calor do sol absorvido durante o dia, mas o preferiam ao sol pedregoso dos arredores. Jantaram leite de cabra e adormeceram mastigando as raízes que o garoto desenterrara pela manhã. Ao longo do dia, o velho mal havia falado e, salvo o tempo em que o garoto estivera limpando suas feridas, não se queixara em nenhum momento. Durante a noite, no entanto, foi diferente. Pouco depois de adormecer, o homem começou a gemer e não parou mais até quase o amanhecer. O garoto assistiu ao delírio com uma mistura de pena e torpor. Ouviu os primeiros lamentos quando ainda estava com o olhar cravado na luz esbranquiçada da noite, esperando que o sono chegasse. Endireitou-se e aproximou-se do velho, que se revirava em cima de sua manta. A cada movimento, seus ossos oscilavam sobre o fundo duro como um dado girando sobre o mármore, provocando-lhe novas dores. A lua crescente banhava a alverca com tons azulados e, em determinado momento, viu as pálpebras úmidas do velho e lágrimas correrem por suas faces de caveira. Pouco antes do amanhecer, o delírio parou e só então o garoto adormeceu. Alguns minutos depois, com as primeiras luzes, sentiu a mão do velho sacudindo seu ombro.

— Já dormimos demais. Temos que partir.

Havia passado um quarto de hora inconsciente, mas, enquanto se levantava, sentiu como se tivesse descansado a noite inteira em cima de um colchão de boa lã. Pensou no velho, em seus gemidos e em suas lágrimas e, durante um bom tempo, não soube se aquilo acontecera de verdade ou se havia sonhado. Improvisou uma colher com a palma de uma das mãos e, inclinando a garrafa com a outra, encheu-a de água. Umedeceu o rosto, ficou em pé e olhou por cima da parede da alverca. A brisa da manhã multiplicou o frescor da umidade de seu rosto e, por um instante, sentiu que estava cruzando uma colina e que o vento de um novo vale vinha ao seu encontro sobre aquele muro. Um vale que não existia, a não ser que aquela planície infinita pudesse ser considerada o fundo de algo limitado pelas montanhas do norte e por alguma serra na outra direção cuja existência desconhecia.

— Apresse-se, rapaz.

O garoto recolheu as quatro coisas que levavam, enrolou a manta do velho e ajudou-o a montar no burro. Reuniu as cabras e voltaram ao caminho. Uma vez ali, olharam ao mesmo tempo para os dois lados, como se o fato de não terem encontrado o aleijado os tivesse deixado sem nada para fazer. O velho cofiou a barba, fez um gesto com a cabeça na direção norte e começaram a andar. Quatro horas depois, chegaram ao azinhal que havia ao lado da aldeia abandonada e, sem dizer palavra, entraram nele.

Quando o velho se acomodou ao lado de um tronco, mandou o garoto construir um redil no meio de alguns carvalhos. Tapou os buracos que ficaram entre os troncos lenhosos, unindo-os com galhos secos e, depois de ter guardado as cabras, descarregou o burro, voltando aonde estava o pastor. Sentou-se ao seu lado, esperando novas instruções.

— Temos que ir embora daqui.

— Mas acabamos de chegar.

— Estou me referindo à planície.

— Você pode ficar. Sou eu quem está sendo procurado pelo aguazil.

— Olhe para mim.

O homem agarrou as lapelas do paletó e abriu-o para mostrar seu corpo.

— Eu tenho contas pendentes com esse homem.

Com aquele *ecce-homo* à vista, a ofensa recebida era evidente. Se ao dizer "contas pendentes" o velho estivesse se referindo à surra ou a algum outro assunto anterior, foi uma coisa que o garoto nunca perguntou. Pensou que, em uma comarca tão despovoada como aquela, não seria estranho se caminhos do pastor e do aguazil tivessem se cruzado no passado.

O velho lhe disse que fugiriam para as montanhas do norte porque ali poderiam se esconder com mais facilidade e que, certamente, o aguazil não faria uma viagem tão longa para procurá-los em um lugar tão distante de sua jurisdição. Também explicou que aquela era uma terra onde não faltava água em nenhuma época do ano e que, com sorte, poderiam levar o rebanho adiante. O garoto ouviu em silêncio, assentindo a tudo o que o velho dizia.

A viagem era longa e perigosa, e o pastor afirmou que era importante partir o mais depressa que pudessem. Também lhe disse que teriam de viajar à noite para tentar que fossem vistos pelo menor número de pessoas possível. Precisariam de todo o alimento que pudessem conseguir.

Combinaram que o garoto iria até a pousada para inspecionar. Se o aleijado não estivesse lá, voltaria ao azinhal e entrariam juntos na estalagem, pegariam os víveres e continuariam a caminhar em direção ao norte.

— E se o aleijado estiver lá dentro?
— Então você voltará para cá e pensaremos em outro plano.

10

O garoto saiu do azinhal pelo mesmo lugar a que recorrera duas noites atrás para evitar o caminho. Encostado no tronco, o velho o viu afastar-se e ouviu a sola descolada da bota do garoto lamber o chão, deixando atrás de si um corredor limpo de folhas. Antes de abandonar a sombra das árvores, ele se virou e cruzou seu olhar com o do pastor. Nenhum dos dois pressentiu a brutalidade do que aconteceria pouco depois.

O garoto saiu a campo aberto arrastando-se pelo chão com o embornal de um lado. Avançou alguns metros até ter uma visão suficiente da aldeia e ficou por um tempo naquela posição, tentando detectar sinais de vida no povoado. Teria preferido aguentar mais tempo, percorrendo com o olhar cada uma das casas e suas chaminés, mas a recordação da última insolação começou a pulsar em sua nuca e decidiu continuar. Percorreu encurvado o caminho até o cemitério, meio correndo, meio andando, mas, ao contrário da primeira vez, não se deteve ali. Continuou correndo, mas não em linha reta e sim descrevendo um arco para fazer com que a igreja se interpusesse entre ele e a pousada o quanto antes possível. Durante todo o trajeto ficou apertando o embornal contra corpo e mantendo o pescoço em tensão para sustentar o olhar em direção à aldeia. Quando alcançou o muro da igreja, estava com os músculos do pescoço duros e sentia dores na base do crânio. Apoiou as costas no muro e deslizou por ele, fazendo saltar pedaços do reboco. Nevada microscópica no deserto. O sol estava quase na vertical do templo e, por um momento, sentiu a tentação de ficar ali um pouco, esperando que o astro seguisse seu caminho e lhe entregasse alguma sombra do edifício. De onde estava, via a mancha terrosa e cinza do azinhal e recordou o velho recostado contra o tronco, tal e qual o deixara um pouco antes. Em seguida, veio-lhe à memória o gesto do pastor abrindo seus farrapos para lhe mostrar o torso arroxeado, as feridas nos flancos e uma cicatriz purulenta entre as costelas parecida com a que deveria ter tido Cristo no Calvário. Teve uma visão acerca daquele homem. Uma sensação que brotava de um lugar dele próprio que não conhecia e que, no meio daquele páramo abandonado por Deus, produziu-lhe medo e frio. O trecho descampado que acabara de percorrer como um arremedo de algo doloroso. Pela primeira vez desde que conhecia o pastor, sentiu que perdia contato com o pedaço de terra que o sustentara no meio daquele mar de areia brava. Quis voltar ao azinhal. Apoiou as palmas no chão e afastou as costas da parede, mas não passou daí porque havia mais salvação nas fatias de bacon do aleijado do que no medo de nunca mais ver o pastor.

Rodeou a igreja colado à parede e só se preocupou em vigiar a parte da aldeia onde ficava a pousada. Não esperava grandes sinais de um homem tão incapacitado como o aleijado. Em suma, um basculante aberto ou um fio de fumaça saindo da chaminé. Sentiu um ronronar em suas tripas, como se estivessem fervendo borrachas dentro de seu corpo. Durante o tempo em que ficou parado na esquina, a sombra da acácia que havia ao lado do pórtico da igreja chegou a cobrir um maço de agave que abria o caminho de acesso. Sem perder a pousada de vista, deslocou-se, encurvado, até os agaves e tornou a esperar. Aquele arbusto era a última barricada de que dispunha antes de sair a campo aberto. Sopesou mais uma vez suas opções e, embora não tivesse percebido sinais que indicassem a presença do aleijado na aldeia, o medo de se encontrar de novo com ele roía-o por dentro. Varas secas de junco-florido cercavam-no como lanças mortas, com suas flores de madeira a modo de cachos invertidos. Esfregou o rosto com a palma da mão. Apertou a testa e os olhos. Sentiu as feridas ressecadas pelo sal e pelo medo.

Ficou por muito tempo atormentado pelas dúvidas, em um estado de tensão exaustivo. Nem o sol, ferindo sua cabeça, conseguia tirá-lo dali. Diante do trecho de campo aberto que o separava da pousada, esperava que suas pernas se pusessem em marcha sozinhas sem a interferência de sua vontade, coisa que não aconteceu até que a dor de cabeça causada pelo sol ficou insuportável. Então, saiu da paliçada engatinhando e, pouco a pouco, foi erguendo seu corpo até que começou uma carreira sem testemunhas que haveria de levá-lo aos fundos das casas vazias da aldeia.

Alcançou o meio tapume de um curral e deitou-se à espera de algum indício. Nos poucos minutos que permaneceu desprotegido, sua mente enevoou-se e não conseguia recordar nada do percurso. Seu coração batia com tanta violência que percebia a pulsação do sangue no pescoço, nas têmporas e nas virilhas. Sua cabeça doía e, vendo a igreja ao longe e mais além o azinhal, entendeu que o que o paralisava era o medo de chegar a um ponto de onde não fosse possível retornar. O lugar onde estava, afastado da sombra das azinheiras, das múltiplas escapatórias pelo perímetro do bosque, dos braços doloridos do velho. Território inimigo sem soldados à vista, mas coberto de sombras e cavidades.

    Sentou-se contra a parede e balançou a cabeça, tentando sacudir o torpor. Respirou com tanta profundidade quanto pôde, e então sua mente, como por arte de magia, esvaziou-se de repente daquilo que o paralisava. Sentiu de novo o ronronar de suas tripas e a sensação de cabeça fervida e prensada se desvanecer. Virou-se e alcançou o curral que ficava encostado em uma casa com o telhado desabado. Havia esqueletos de cadeiras de vime sem assento nem encosto, aramados de galinheiro retorcidos como almas atormentadas ou vestígios de fogueiras, montanhas de escombros formados por restos de telhas e pela terra dos adobes que a chuva fora depositando aos pés das grossas paredes da casa. A brisa atravessava a construção da fachada aos pátios, balançando teias de aranha. Agachou-se e começou a caminhar em direção ao norte pelos fundos das casas, até chegar à última vivenda antes da pousada. Avançava colado às paredes como uma sombra que entrasse e saísse de cada desnível dos muros. Encontrou um último refúgio sob o dintel da porta da casa e esperou em silêncio para o caso de, finalmente, ouvir algum indício do aleijado. Pensou que, apesar da quietude, ele bem poderia estar dormindo lá dentro, ou à sombra da parreira da fachada, no outro lado do prédio. Apenas a recordação dos embutidos tentava-o a cortar o medo pela raiz e entrar na casa como um policial ou um ladrão, mas era muito o que arriscaria se enfrentasse alguém como o aleijado. Não por ele, mas por quem poderia tê-lo levado até ali. Formou-se em sua cabeça a última imagem do homem estirado no caminho. A baba, o sangue, o pequeno lamaçal. Passou a mão pela testa, como se ali fosse encontrar a ferida que o burro fizera no aleijado quando ele atirara a pedra. Então, olhou ao redor e, abandonando o esconderijo sombrio da porta, aproximou-se com cuidado da janela pela parte de trás da pousada. Estava protegida por basculantes semelhantes aos da fachada. Chapas verdes com perfurações que desenhavam um losango vertical no centro de cada um deles. Entreabriu as folhas, puxando uma das lâminas da veneziana, e esperou meio agachado, com uma orelha à altura do parapeito. Depois de um tempo, ergueu-se e encaixou o rosto entre as chapas. Sentiu uma corrente de ar fresco vindo de dentro e, sem maiores precauções, deixou que lambesse a pele retesada de seu rosto. Cheirava a linho úmido e a quietude, ou a cal e barro de adobe amontoando-se sobre os rodapés. Manteve a posição por um tempo, como se a sua cara estivesse enfiada em um arroio limpo. Em outras circunstâncias, a brisa poderia ter revolto sua franja, mas, depois de tantos dias sem se lavar, seus cabelos estavam endurecidos. Atrás dos basculantes, apoiadas em estruturas metálicas, havia duas folhas envidraçadas. Os pedaços de vidro que não haviam quebrado estavam sujos de gordura e pó. Através do buraco pelo qual o ar penetrava, pôde observar o interior sombrio do aposento. A primeira coisa que viu foram os losangos dos basculantes da fachada e as agulhas de luz que lançavam contra o chão. Quando suas pupilas se adaptaram, distinguiu a mesa, o armário e a barra de ferro da qual pendiam os embutidos. Sua boca salivou, e ele sentiu uma dor nas tripas como se estivessem fechando seu intestino com tenazes e, de novo, como se sua vontade ou seu medo se redobrassem, puxou os basculantes e, apoiando-se na moldura, trepou no parapeito de um pulo. Dali, empurrou as janelas para dentro, permitindo que uma nova luz iluminasse o aposento e, a partir desse momento, não existiu mais nada para ele além da visão dos chouriços perolados de azeite e o presunto gotejando gordura como um alambique suíno. A habitação revestida de ladrilhos hidráulicos com motivos geométricos desbotados. Percebeu um ambiente rarefeito que não notara na primeira vez em que estivera ali. Deu uma olhada rápida no aposento e, como não notou a presença de ninguém, dirigiu o olhar aos embutidos.

Chegou à parede em três passos, puxou o primeiro chouriço pendurado e sustentou-o diante de si como se estivesse formando um rolo de corda. Encheu a boca com a carne avermelhada e não se deteve diante do sabor picante, nem tomou as precauções de quem está há muitos dias com o estômago vazio. Simplesmente entregou-se ao instinto selvagem que primeiro sacia e depois adoece. Comeu toda a peça e, quando terminou, passou a manga da camisa pela boca, manchando-a de gordura e pimentão.

Quando estava engolindo o último pedaço de embutido, olhou outra vez para a barra e se entreteve procurando alguma coisa diferente em que pudesse fincar os dentes. Esticando-se, aproximou a ponta do nariz de um salsichão, mas seu cheiro era rançoso. Provou uma morcela, e sua fragrância, quase imperceptível entre tantos cheiros, seduziu-o. Puxou a corda, mordeu a tripa e, coincidindo com a mordida, ouviu um ruído que a princípio interpretou como um dente quebrado. Apalpou a bochecha e, como não sentiu nenhuma dor, virou-se, como quem intui que está sendo observado. Seus olhos começaram a procurar primeiro pelas zonas mais iluminadas e depois pelas mais escuras. Não encontrou nada, mas havia cantos do aposento que estavam mergulhados na penumbra. Deixou a morcela em cima da mesa com cuidado e se situou no centro da mancha de luz que a janela vertia sobre o chão de cerâmica. As pernas abertas, os joelhos flexionados. As orelhas em estado de alerta como um cavalo à espreita. Virou-se lentamente sobre si mesmo e então o viu.

Estava na despensa do canto do aposento, escondido atrás de uma cortina de algodão grosso que tapava as prateleiras. O pano não chegava ao chão, e pôde ver que por baixo assomava o que parecia um cotovelo. Recuou até ficar atrás da mesa e esperou que alguma coisa acontecesse. Durante o tempo em que manteve o olhar fixo naquele pedaço de braço, não percebeu o mais leve movimento ou som. Primeiro pensou que o dono do cotovelo, talvez o aleijado, pudesse estar dormindo, mas logo se deu conta de que ninguém em seu juízo perfeito procuraria um lugar como aquele para descansar. Talvez fosse um bêbado que, como ele, chegara ali em busca dos embutidos pendurados ou do vinho do pote de barro. Sem se afastar da mesa, procurou pelos arredores alguma coisa que lhe servisse para levantar a cortina de longe. Às suas costas, encontrou uma barra longa com uma espécie de pinça na ponta, como as que o lojista da aldeia usava para alcançar as prateleiras mais altas. Pegou-a por uma ponta e abandonou o refúgio da mesa. A uns metros da despensa, esticou a barra e tocou o tecido com as pontas da pinça. O peso da barra esticada diante dele desequilibrou-o e, sem querer, golpeou o que devia ser a cabeça do homem no outro lado da cortina. Encolheu o braço e recuou um passo à espera de uma resposta, mas não aconteceu nada. A janela pela qual entrara continuava aberta e a luz que penetrava dava volume ao ar que iluminava. Fora o facho de luz, no lugar em que agora assomava o cotovelo, em todos os demais compartimentos sombrios espreitavam perigos que não era capaz de imaginar.

Tremendo, voltou a esticar a barra em direção à cortina. Abriu-a por um dos lados e não demorou a reconhecer a cara do aleijado.

A ferida purulenta continuava em sua testa como a marca de uma rês. Quis ver seu corpo inteiro e puxou a cortina até que o suporte em que estava enfiada saiu por um dos extremos da argola que a sustentava. O ferro e o pano caíram aos pés do homem com um ruído rouco. As partículas de pó do chão e do pano se levantaram como pombas diante da passagem de um cavalo e não tornaram a pousar, e sim dissolveram-se na escuridão de um canto.

O corpo desnudo do aleijado recordou-lhe um odre cheio. A pele sem um único pelo, as curvas arredondadas ali onde ele só tinha ossos. À vista ficavam as cicatrizes de suas pernas como as costuras nas pontas dos odres de couro carregados de vinho. Aproximou-se do corpo e tateou-o com a ponta da bota. Apalpou na altura do estômago, do peito e do ombro, mas não obteve resposta. De cócoras, agarrou-o pelo queixo e balançou sua cabeça. Abriu as pálpebras e só encontrou duas esferas que amarelavam como marfim; não viu rastro das pupilas. Recuou sem perder o homem de vista, até que suas costas se chocaram contra a parede, ao lado da qual se sentou.

Ficou durante muito tempo contemplando o corpo disforme, perguntando-se quem o teria matado. Na última vez que o vira, matar aquele homem fora uma das alternativas que levara em consideração. A verdade é que não havia optado por ela e que, no momento em que o deixara ao lado da alverca, o aleijado estava apenas inconsciente, mas, dadas as suas limitações físicas e ao lugar inóspito, poderia muito bem ter agonizado até morrer. Fixou seu olhar no peito do homem para ver se descobria algum movimento respiratório, mas não havia mais nada nele que pudesse inflar seus pulmões. Tentou entender o que acontecera, mas em sua cabeça só havia lugar para a ideia da morte. Ficara diante dela centenas de vezes, a maior parte através dos sermões do padre. Os egípcios perecendo aos milhares sob as águas do mar Vermelho, Herodes esquartejando os Santos Inocentes ou o próprio Jesus dessangrando a caminho do Gólgata. No entanto, aquilo era outra coisa e ele não sabia como lidar com ela.

Ficou algumas horas contemplando o cadáver. Fascinado por suas formas e paralisado pela gravidade do que via. Nesse meio tempo, a luz da tarde se tornou mais suave e o interior da pousada perdeu os matizes, e, apesar de mal ter dormido na noite anterior, não foi vencido pelo sono. Enquanto esteve observando o aleijado, não conseguiu alinhavar dois pensamentos seguidos, e sua mente só se entreteve em percorrer, fascinada, o estranho corpo prostrado. Só teria precisado de alguns minutos de lucidez para recordar as pegadas dos cavalos separando-se ao lado da alverca na qual abandonara o aleijado. Tampouco foi capaz de distinguir a linha arroxeada que a soga deixara debaixo do queixo do aleijado, e tampouco se perguntou pela nudez de seu corpo. Não entendeu que estava correndo perigo, e ficou naquele estado de atordoamento até que ouviu a porta da pousada ranger.

Levantou-se rapidamente e ficou com as costas e as palmas das mãos coladas à parede. Identificou o ruído como o das patas de um animal arranhando a madeira e relaxou. Dirigiu-se à entrada e entreabriu a porta. No chão, o cão do pastor agitava o rabo e olhava-o com a língua de fora. Abriu a porta por completo para receber o animal e o vira-lata se atirou em cima dele com entusiasmo. Como tantas outras vezes, o garoto ficou de cócoras e pegou a cabeça do cão para acariciá-lo debaixo da mandíbula. Naquela posição, pôde ver as pernas de um homem sentado no banco de pedra que havia embaixo de uma das janelas da fachada e, sem precisar verificar sua identidade, pulou para trás com a intenção de fechar a porta.

Esteve prestes a consegui-lo, mas a bota de outro homem interpôs-se entre a porta e o batente. Mesmo assim, tentou fechar a porta batendo várias vezes, mas a rígida sola da bota o impedia. Quando compreendeu que não conseguiria, saiu correndo para a parte de trás e tentou escapar pela janela pela qual entrara. Viu o retângulo iluminado aberto na parede, a tarde caindo lá fora, e, ao longe, o perfil da igreja. Quis sair de um salto e quase conseguiu, mas no outro lado da janela já o aguardava o auxiliar do aguazil, que rodeara a casa a partir da fachada. Segurava uma Beretta de dois canos paralelos, com a culatra incrustada em marfim. O garoto parou de repente e, apesar disso, quase caiu de bruços em cima do homem. Não chegou a se chocar com ele, mas penetrou em sua atmosfera alcoólica. O mesmo cheiro adocicado que tantas vezes havia percebido em seu pai quando voltava da taverna. Mal teve tempo de olhá-lo na cara; no entanto, sua imagem ficou gravada em sua memória para sempre: o cabelo alaranjado, a barba suada com manchas grisalhas, os olhos azuis e vazios e, sobretudo, a ponta de seu nariz gorduroso envolta em uma rede de intensas veias azuis prestes a explodir.

Deu a volta porque, embora tivesse esgotado as vias de fuga, alguma coisa em seu interior esperava que o chão se abrisse ou que, nas paredes, brotassem novas portas. O que encontrou sob o teto quebradiço da pousada foi a cara familiar do aguazil, felino e bem vestido. Uma visão que quase o fez perder o equilíbrio.

—Veja quem está aqui.

O aguazil tirou o sombreiro e, como sempre fazia, alisou os cabelos.

— Você viu isto, Colorao?

O auxiliar assentiu com os cotovelos apoiados no parapeito e continuou afirmando com a cabeça, enquanto inspecionava com o olhar o interior do aposento. Dedicou a mesma atenção às vigas do teto e ao corpo despido do aleijado, e, quando tinha repassado cada canto da sala, fez um gesto para o aguazil, apontando os embutidos com o queixo. O aguazil puxou um salsichão sem perder o garoto de vista e o atirou. O auxiliar não conseguiu pegá-lo no ar e o embutido se estatelou contra um dos pedaços de vidro que ainda aguentavam na janela e caiu no chão. O homem apoiou a barriga no parapeito e se esticou para alcançar a peça. Quando a pegou, afastou os vidros com a manga e saiu mordiscando o pedaço de carne endurecida.

O aguazil também repassou a habitação, como se aquele lugar lhe trouxesse recordações, e, quando terminou, caminhou até a janela de trás. Pisando nos vidros quebrados caídos no chão, olhou pela janela e se entreteve por um momento contemplando a planície. Depois, como se uma tormenta se avizinhasse, alcançou os basculantes e os fechou, encaixando os ferrolhos no lugar. O cão havia entrado na casa e estava deitado aos pés do garoto, cheirando o charco que havia se formado aos seus pés.

Soaram algumas batidinhas nas chapas recém-fechadas. O aguazil tornou a abri-las.

— Será que há alguma coisa para beber, chefe?

O auxiliar se acotovelou de novo na janela enquanto o aguazil revirava a casa. Durante a espera, entreteve-se olhando o garoto de cima a baixo, como se estivesse imaginando o que iria desabar em cima dele. O aguazil voltou e lhe entregou um garrafão de meia arroba de vinho envolto em vime.

— Agora saia daqui e não torne a me incomodar.

O auxiliar abriu o garrafão e atirou a rolha dentro da casa. Pegou a asa de vime com os dedos, colocou o garrafão no antebraço, levantou-o e bebeu longamente. O aguazil olhou-o por um momento e fez um gesto de irritação.

— Não exagere no vinho, pois vai ter que trabalhar amanhã cedo.

O auxiliar abaixou a garrafa e a exibiu ao aguazil com um sorriso sujo. Seus olhos estavam úmidos e ligeiramente fechados. Arrotou, com o olhar perdido em algum lugar do aposento, e depois deu a volta e foi embora.

— Maldito bêbado — murmurou o aguazil enquanto afastava o corpo do parapeito e fechava de novo os basculantes. Quando encaixou os ferrolhos na fechadura, empurrou as chapas para confirmar que estavam bem fechadas. Olhou pelo orifício de uma delas e depois virou, fazendo ranger os vidros embaixo de suas botas. Dali, como se contemplasse um manjar apetitoso, percorreu o garoto dos pés à cabeça com o olhar.

— Não tenha medo, rapaz. Não vai acontecer nada com você.

O aguazil sorriu e sentenciou:

— Pelo menos, nada de novo.

Atravessou o aposento muito lentamente e, à altura do garoto, inclinou-se, agarrou o cão pela corda que rodeava seu pescoço e levou-o até a porta. Antes de fechá-la, viu o auxiliar se afastar pela rua em direção à entrada da aldeia. Levava a escopeta em uma das mãos e com a outra levantava o garrafão e bebia vinho. O aguazil fechou os basculantes da fachada e a sala ficou às escuras. Passaram-se alguns segundos negros em que o garoto ouviu os movimentos do homem em algum lugar do espaço. Em certo momento, o aguazil acionou seu isqueiro e acendeu uma grande vela de cera que estava em um canto e que o garoto não vira antes. Depois percorreu o aposento pegando o que foi aparecendo. Deixou em cima da mesa bacon, chouriço, presunto e o frasco de azeite. Com a ajuda de uma jarra de barro, tirou vinho do garrafão e também colocou-o sobre a mesa. Na despensa, teve de afastar com a bota o braço do aleijado para poder pegar um prato de alumínio e um copo. Encontrou restos de pão dentro de uma vasilha e derramou um punhado sobre as carnes. Uma vez que tudo ficou disposto sobre a mesa, aproximou uma cadeira e começou a jantar como se estivesse sozinho. Cortava rodelas de salsichão no prato e colocava em cima delas pedaços de pão seco. De tempos em tempos, banhava o bocado com um jato de azeite.

Durante o tempo em que o homem ficou comendo, o garoto permaneceu de pé sem levantar a cabeça. A umidade das botas, a sujeira da pele, o cheiro da comida, o final de sua ousadia. Deu por certo o tormento a que seria submetido e não chorou, porque aquele era um lugar que já visitara dezenas de vezes. Sua sorte estava lançada e a do pastor, também.

Quando o homem deu o jantar por terminado, os orifícios do basculante já haviam desaparecido por completo. Afastou com um braço os restos de comida e levantou-se. Enfiou a mão em um saco de nozes que apoiara em uma parede e derramou um punhado na parte da mesa que havia liberado. Sentou-se de novo e, com a ajuda de uma navalha, foi abrindo, uma por uma, todas as nozes. Enfiava a ponta da lâmina na parte plana de cada fruto e a girava até parti-lo em dois. Depois, apesar do tamanho de seus dedos, tirava as partes comestíveis quase inteiras e jogava-as em uma cuia de madeira. Durante o tempo que levou para abri-las, o garoto permaneceu quieto. O charco a seus pés havia se infiltrado nas ranhuras dos ladrilhos, mas suas pernas estavam úmidas e começava a sentir certo entumecimento nas panturrilhas.

— É importante fazer as coisas direito.

O aguazil fez sua observação enquanto segurava em cada mão a metade de uma mesma noz. Pegando cada parte com dois dedos, uniu-as até que se encaixaram perfeitamente, como um cérebro com quatro hemisférios.

— E você não fez nada direito.

O garoto continuava com o olhar cravado na parede, petrificado pela presença magnética do aguazil e pelas recordações que tinha dele. Recordações que passavam como siluros pelo fundo de um poço de águas negras.

— Quantas vezes eu lhe disse que não era para falar com ninguém a respeito de nossas coisas?

— Eu não disse nada a ninguém.

O garoto levantou ligeiramente o rosto e sua voz soou como uma queixa caprichosa.

— E o pastor?

O aguazil mordiscou uma noz e logo devolveu-a à cuia. O garoto ficou calado, tentando interpretar da melhor maneira possível um papel que agora não era mais seu.

— Não sei de quem está falando.

— O velho com quem você tem andado estes dias. Ou quer me fazer acreditar que chegou até aqui sozinho?

Então, as pernas do garoto afrouxaram e ele desabou sobre sua umidade com uma sensação de desamparo que jamais experimentara. Nem sequer quando seu pai o levara pela primeira vez à casa do homem que estava agora diante dele e o deixara lá à mercê de seus desejos. Encolhido sobre si mesmo, para formar no espaço um ponto de encontro entre a umidade da terra e a dos olhos. Sentiu como o princípio da liturgia, tantas vezes repetida, começava de novo: o aguazil sentado, com um pé sobre o joelho para desamarrar cerimoniosamente os cadarços de suas botas. Juntando-as no chão pelos calcanhares de maneira exata. Deixando-as em um lado da cadeira e levantando-se para desabotoar a camisa. Caminhando até ele com o peito descoberto para ficar perto.

— De pé.

O garoto obedeceu e ficou diante dele com o queixo enfiado no peito.

— Levante a cara.

O garoto permaneceu encurvado, com os punhos cerrados e os dedos dos pés em forma de garra.

— Estou ordenando que olhe para mim.

O garoto, que até aquele momento havia aguentado sem chorar, soluçou.

O aguazil passou uma das mãos pelo cabelo gorduroso do garoto. Acariciou sua nuca e percorreu com o dorso dos dedos as bochechas úmidas dele, onde permaneceu por alguns momentos dando voltas. O homem levou os dedos à boca e saboreou a mistura de sal e fuligem impregnada nas lágrimas do garoto.

— Olhe para mim.

O aguazil tentou levantar com a mão o queixo do garoto, mas ele resistiu de novo.

— Está bem. Como queira.

Conduziu o garoto pelo ombro até a mesa e mandou que colocasse as mãos, separadas, sobre a mesa. As lágrimas transbordaram dos olhos inchados do garoto e começaram a rolar por sua pele até que caíram, sujas, na cuia de nozes.

A vela, prestes a se consumir, fazia com que seus corpos projetassem sombras duras contra as paredes e o teto. O garoto ouviu movimentos rítmicos às suas costas e o bufar do aguazil.

De repente, a vela se apagou e o homem resfolegou com aborrecimento. Às escuras, revolveu o lugar de onde tinha tirado a vela e, como não encontrou o que procurava, foi até o armário. Passou por cima do cadáver do aleijado e recolheu do chão a cortina de algodão caída. Arrancou dela duas tiras e voltou à mesa, retorcendo-as com os dedos. Depois, verteu azeite do frasco no prato, formando uma cruz. Empapou bem o tecido, retorceu de novo as pontas como quem alisa o bigode e estirou-as para cima. Procurou o isqueiro no bolso da jaqueta, acendeu-o e passou a chama pelos quatro extremos até que apareceram quatro chamas crepitantes. A nova luz iluminou o aposento, e o garoto pôde ver as botas do aguazil alinhadas ao lado da cadeira e sua camisa dobrada em cima do encosto. O homem tornou a ficar atrás do garoto e, prestes a começar outra vez, soaram algumas batidas na porta.

— Porra, Colorao! Eu lhe disse para me deixar em paz. Que caralho você quer agora?

A voz do aguazil ressoou no quarto enquanto virava a cabeça para a entrada. A porta gemeu suavemente e foi se abrindo bem devagar, até que a brisa da rua balançou as chamas da vela improvisada.

No umbral, a figura do pastor, com a escopeta do auxiliar na mão, tinha algo de ridículo: o torso encurvado, a calça muito larga e a expressão afundada pelo esforço e as penúrias. Mal era capaz de se manter em pé e tinha de se apoiar no dintel para não perder o equilíbrio. Ofegava fortemente.

— Saia daqui, velho.

INTEMPÉRIE

O pastor permaneceu na porta sem se mexer, com os olhos do cano apontados para a cabeça do aguazil. Tentou dizer alguma coisa, mas se engasgou e tossiu. Sem abaixar a arma, cuspiu um escarro sanguinolento, e então, sim, falou:

— Venha para cá, rapaz.

O garoto, com a mão do aguazil ainda em seu ombro, não se mexeu.

— Pare de apontar para mim, velho, ou vai se lamentar pelo resto da pouca vida.

— Jogue-se no chão e tape os ouvidos, rapaz.

A voz do pastor soou segura como o aperto de mão de um homem de verdade. Um tom pétreo saído de algum lugar do velho que o garoto não conhecia. Incoerente com a figura fantasmagórica do homem que as pronunciava. Anjo de fogo que derruba paredes. O garoto obedeceu à segunda ordem e, bem devagar, foi se encolhendo até deixar o aguazil em pé, com a mão em forma de pinça no mesmo lugar que ocupava quando o ombro ainda estava entre os seus dedos. O aguazil não estava paralisado pelo medo, mas pelo espanto.

— Você não tem colhões, velho.

— Não olhe, rapaz.

Um ruído pedregoso e absoluto vindo do final de um longo tubo. Um zumbido dentro do crânio e uma surdez que levaria alguns dias para desaparecer por completo. Muitas das pombas que sujavam com seus excrementos as casas asquerosas escaparam pelos telhados afundados e voaram enlouquecidas em todas direções. O garoto sentiu o cadáver desabar ao seu lado porque sua carne deslocou o ar e comprimiu-o contra ele. A argila prensada do chão recebeu os restos do homem e a vibração das lajes propagou-se até ele. Em seu aturdimento, distinguiu o último som produzido pelo aguazil, o de seu crânio batendo no chão. O ruído de uma abóbora bem madura. A pele grossa que só cede diante do machete ou da pólvora, e a densidade de uma polpa apertada e farinhenta que preenche tudo e que, em seu repentino colapso, se derrama. Depois, um pequeno rebote, e acabou.

Quando o garoto abriu, finalmente, os olhos, o pastor já entrara no aposento e mantinha-se de pé apoiando-se na mesa. Não sabia quanto tempo ficara de olhos fechados. Percebeu que dos ouvidos saía um líquido. A escopeta ainda com uma fumarola no cano e uma nuvem sulfurosa procurando os orifícios das vigas. Ao lado dele sentiu a espessura de ossos e músculos exânimes em uma pilha desconjuntada. A voz do pastor, emergindo, como em seus sonhos, de um lugar envolto em parafina. Um grito abrindo caminho através de seus condutos inflamados. Um volume crescente. Em alguns segundos, a voz do velho:

— Olhe para mim, rapaz! Olhe para mim!

O garoto levantou a vista para dirigi-la ao lugar de onde procedia a voz do velho e encontrou seus olhos severos. A intensidade de suas pupilas atraindo sua atenção para impedir que visse a cabeça arrebentada do aguazil. O pastor mostrou-lhe o dedo indicador e depois apontou seus olhos com ele. "Olhe-pa-ra-mim", disse, com caretas exageradas. "Olhe-pa-ra-mim", repetiu enquanto fazia gestos com a outra mão para que se aproximasse dele.

O garoto se arrastou até o pastor, e ali, agarrando a mesa, ficou em pé de costas para o aguazil. O velho agarrou seu rosto e o sangue dos ouvidos do garoto manchou a palma de suas mãos.

Rodeou sua cabeça e apertou-o contra seu corpo alquebrado. A mandíbula do garoto estava caída e tremia como se quisesse tiritar. O olhar vazio. O cão assomou a cabeça pela porta, mas não entrou na casa.

—Vamos embora daqui.

O garoto, ainda atordoado diante do que acabara de acontecer, levantou o braço do pastor para se enfiar debaixo dele e ajudá-lo a sair, mas, nesse momento, viu a cuia cheia de nozes em cima da mesa. Soltou o pastor e colocou-se diante das nozes. O velho observou-o em silêncio. O garoto ficou um tempo olhando para a cuia com os punhos cerrados sobre a mesa. Deixou a cabeça cair como se o seu pescoço tivesse ficado oco e começou um soluço, seguido de um choro nervoso e engasgado em que perdia a respiração a todo momento. O pastor deixou-o chorar durante um tempo e depois colocou a mão atrás de sua cabeça e conduziu-o até a porta.

Embaixo do dintel, o garoto enxugou os olhos com a manga suja, enfiou-se debaixo da axila do velho e saíram juntos à noite morna e silenciosa. Cruzaram a praça em direção ao poço. O velho, arrastando os pés, e o garoto, como uma muleta frágil, suportando o peso de um homem prestes a cair. Quando chegaram a seu destino, o garoto ajudou o pastor a se sentar de costas contra o parapeito. A lua crescente ainda não havia surgido no céu, e era difícil distinguir alguma coisa a mais de quinze, vinte metros. Apenas a chama da vela improvisada pelo aguazil deixava escapar um pouco de sua luz amarelada pela porta aberta da pousada. O garoto sentou-se ao lado do pastor e assim ficaram, sem dizer palavra, até que adormeceram, um apoiado no outro.

. . .

O garoto acordou, agitado. Por muito tempo balbuciara palavras desconexas sobre o ombro ossudo do velho, até que uma chibatada de seu corpo fez com que sua cabeça caísse no colo do pastor. Endireitou-se, ausente, como se uma atmosfera de éter tivesse desabado sobre ele. Olhou para o velho ao seu lado, apoiado contra a pedra morna do poço.

— Tive um pesadelo.

O velho ficou ouvindo.

— O auxiliar do aguazil queria me queimar.

— Não vai fazer mais nada com você.

— O que você fez com ele?

— A mesma coisa que fiz com o chefe dele.

O garoto levou as mãos às orelhas porque sentiu um apito distante que comunicava seus ouvidos através do cérebro. Olhou ao redor e só viu estrelas tremeluzindo no alto e uma meia-lua com um halo leitoso. Não viu sinais de vida na pousada nem em nenhum outro lugar. Uma língua de brisa quente soprou do oeste, trazendo o cheiro de algum zimbro ou de agulhas de pinheiro tostadas.

— Onde está o Colorao?

— Não se preocupe agora com ele. Temos que sair daqui o quanto antes.

— Iremos para o norte?

— Sim.

— E o que faremos quando chegarmos?

— Falta muito para isso.

— Irei procurar o burro e vamos embora.

— Está se esquecendo de uma coisa.

O garoto ficou pensando por um momento.

— Das cabras, rapaz. É tudo o que temos.

INTEMPÉRIE

. . .

O garoto partiu pelo meio da rua em direção ao sul na companhia do cão. Um gato saiu de uma das casas abandonadas e passou diante dele, sem fazer o menor ruído. Prestes a alcançar seu destino, o animal se deteve e ficou olhando para ele. Depois, seguiu seu caminho mais devagar e se enfiou por baixo de uma porta desconjuntada.

Na entrada da aldeia, tal como lhe dissera o pastor, esperava o burro amarrado a uma grade e, um pouco mais adiante, a motocicleta do aguazil. Acariciou a testa do animal, sentindo a dureza angulosa de seu crânio. Desamarrou-o e saíram da aldeia a caminho do azinhal.

Enquanto subiam pela fralda da colina, não foi capaz de calcular quanto tempo haviam dormido nem quanto faltava para amanhecer, mas entendeu que deveria se apressar. Deu umas palmadas no lombo do asno e apertaram o passo. Pouco antes de chegar ao arvoredo, o cão se adiantou e, quando o garoto chegou ao redil de galhos, encontrou as três cabras revolvendo-se umas contra as outras, e o cão perambulando ao redor do cercado. Desmontou o mato que servia de porta e, em um momento, as cabras se dispersaram pelos arredores, dando patadas no ar. Aparelhou o burro e carregou-o com as coisas do velho e os garrafões quase vazios.

Desceu à aldeia meio trotando e, ao entrar, seu olhar fixou-se na motocicleta do aguazil. Aproximou-se dela com cautela. De repente, suas formas pareceram-lhe novas. O largo guidom, a forquilha robusta e a chapa curva da placa sobre o para-lama dianteiro como uma carranca de proa. O *sidecar* arredondado, a cápsula em que viajara escondido tantas vezes. Passou sua mão pelo motor e pelo para-brisa, como se acariciasse um cavalo. Assomou-se ao cubículo e, sobre o assento, reconheceu a manta com a borda encerada. Deu um pulo para trás como se aquele pedaço de tecido tivesse começado a arder de repente. Agarrou o cabresto e se afastou dali o mais rápido que pôde.

Quando chegou ao poço, o velho estava sentado onde o deixara. Aproximou-se para lhe comunicar seu regresso e pedir novas instruções.

— Dê de beber às cabras.

O garoto descarregou um dos garrafões, verteu água na cuia e aproximou-a dos lábios do pastor. O homem sorveu o líquido limoso e olhou para o garoto.

— Já vou.

O garoto pegou o balde e ofereceu água aos animais; depois de todos terem bebido, agachou-se ao lado do pastor.

— Agora reúna todo o alimento que puder. Depois, encha os garrafões de água e carregue-os.

— Não quero entrar na pousada.

— Talvez prefira continuar passando fome.

— Não consigo. Aquele homem...

— Não vai fazer mais nada com você.

— Estou com medo.

— Não olhe para a cabeça dele.

Na fachada da estalagem, o garoto encontrou, no parapeito, o chicote do aguazil. Pegou-o e agitou-o no ar como se fosse um mata-moscas. Sentiu no tato o couro desgastado do cabo e as costuras da base, apertadas na armação por causa do uso. A ponta tinha uma lingueta em forma de triângulo cuja silhueta o garoto vira antes nas costas do pastor.

INTEMPÉRIE

Assomou-se à porta escura, brandindo o chicote à sua frente. Do interior chegaram aromas de carne que já conhecia e uma ligeira pestilência que não notara antes. Enfiou a cabeça no aposento negro e, sem distinguir nada, sentiu o peso do que acontecera naquele lugar. Uma densidade de sacristia velha, onde os paramentos cerimoniais haviam sido tecidos no começo dos tempos e onde as paredes haviam absorvido, durante séculos, os gritos de coroinhas, órfãos e enjeitados. A dor e a caridade. A morte impingida. A podridão abrindo caminho entre pecados inenarráveis.

Uma ânsia retorceu seu ventre, e ele esteve prestes a vomitar. Virou-se e encontrou o olhar do velho, além do parapeito. Respirou, balançou a cabeça e entrou tateando as paredes com o chicote como única defesa. Arrastando os pés para não pisar em nada, chegou ao lugar onde estavam os embutidos. Despendurou a meia dúzia de tripas que restavam e levou-as enlaçadas em um braço.

Com o caminho aberto, aproximou do pórtico da pousada o burro arreado. Amarrou-o na argola e foi fazendo viagens até encher os espaços livres dos balaios com embutidos, farinha, sal, feijão e café. Quando já não coube mais, voltou ao poço com o burro e amarrou-o no arco. Ficou durante muito tempo tirando água e vertendo-a com cuidado pelos estreitos gargalos dos garrafões. Muito líquido foi derramado, empapando o esparto e o lombo do animal que, de vez em quando, explorava a pele com o focinho para aliviar a coceira. Por baixo, o cão e as cabras disputavam os chouriços que caíam dos balaios.

Durante todo o trasfego, o pastor permanecera sentado contra o poço com a cabeça encostada no peito. Quando o garoto terminou de prender a carga com as cordas, colocou a manta por cima de tudo para que o velho pudesse viajar no lombo da besta. Agachou-se ao lado do pastor e, de cócoras, falou-lhe:

— Já acabei de carregar o burro. Podemos partir.

O pastor não disse nada, nem fez o mais leve movimento, e o garoto temeu que tivesse morrido. Aproximou uma orelha de sua boca e não ouviu nada. Assustado, apalpou seu braço imóvel.

— Senhor — disse, e o pastor se revolveu contra a pedra e sacudiu a cabeça suja com uma lentidão pastosa. Os olhos se abriram como bordas de moedas vetustas, desgastadas as estrias, já sem brilho. O homem murmurou alguma coisa. O garoto agachou-se ainda mais e quase enfiou a cabeça no peito do velho, que continuava a murmurar.

— Não estou entendendo.

— Precisa enterrar os corpos.

— Como?

— Enterre os corpos.

O garoto ficou em pé e olhou ao redor. O povoado forrado de sombras e paredes caídas. O céu, como de hábito, distante. Recuou a cabeça e resfolegou. Sentia-se no limite da extenuação e, naquele momento, a única coisa que queria era voltar ao seu buraco, ao fosso morno e úmido no qual adormecera na primeira noite de fuga. A concavidade primigênia feita com o barro da verdadeira mãe. O lugar no qual a temperatura é constante, em que o sol não penetra e no qual as raízes perfuram a argila e retêm o solo quando chegam a água ou o vento. Olhou para as mãos trêmulas e suspirou. O burro carregado e preparado para a marcha e, a seu lado, como um reflexo turvo, o velho expressando uma ordem alheia, inclusive, a ele mesmo: sepultar os bastardos, propiciar-lhes uma acomodação a salvo das feras que aguardavam o juízo final.

O garoto tornou a se agachar ao lado do velho.

— Não conseguirei fazer isso sozinho.

— Terá que fazer.

— Não temos pá nem picareta.

— Se não enterrá-los, serão comidos pelos pássaros.

— E o que importa isso agora?

— Importa, sim.

— Esses homens não merecem.

— Por isso você deve enterrá-los.

Combinaram que não enterrariam os corpos, mas que os colocariam a salvo de cães e corvos. O pastor explicou ao garoto onde estava o cadáver do auxiliar e o que deveria fazer para levá-lo para o lugar onde estavam os outros.

— Vá à pousada e traga o saco de castanhas. Não olhe para o aguazil.

O garoto fez o que o velho lhe pedia e saiu do estabelecimento, arrastando um saco de aniagem quase cheio. Seguindo as instruções do pastor, levou o saco aonde estava o burro, desatou a corda que o fechava e, levantando a manta, verteu parte do conteúdo nos balaios. A maioria das castanhas infiltrou-se nos espaços livres deixados pelos alimentos, garrafões e utensílios.

Com o saco em uma das mãos e o cabo do cabresto na outra, o garoto e o burro dirigiram-se ao lugar em que repousava o auxiliar. Encontrou o corpo do homem tombado sobre um banco de pedra que ficava nos fundos de uma casa. No chão, deitado, estava o garrafão de vinho que levara da pousada. Seu cavalo permanecia amarrado ao pilar de um parreiral seco. Empinou ao sentir a presença dos visitantes. O garoto se aproximou e tentou acalmá-lo acariciando sua crina. O animal estava muito nervoso e o garoto achou que poderia estar com sede. Desamarrou-o para levá-lo ao poço, mas o cavalo se assustou, afastando-se em direção ao sul. Viu-o perder-se pela encosta do azinhal e lamentou que tivesse fugido, pois um animal daqueles lhes seria útil.

O lugar em que jazia o cadáver não recebia a luz da lua, e o garoto só conseguiu distinguir as formas mais evidentes do corpo. O velho só lhe contara que havia batido em sua cabeça. "Agora que está morto, você não tem mais nada a temer", dissera-lhe o pastor, mas ali, diante do homem, sentiu-se incapaz de fazer o que tinha de fazer. Imaginou o pastor chegando àquele lugar, emergindo silencioso da noite com uma pedra na mão.

O velho não lhe dissera que, quando encontrara o auxiliar, este estava desperto. Que perambulava ébrio por um curral abandonado, tropeçando em alguidares e cestos. Que cantava e rezava com a língua inflamada, e que seu olhar já era o de um condenado. Não lhe dissera que, em seu delírio, o auxiliar confessara-lhe: a motocicleta, a sala dos troféus de caça, o pai, a manta, o silo, os tributos, o dobermann, o garoto. Os garotos.

Tampouco lhe explicara como, depois de ouvir o auxiliar, guiara-o até o banco de pedra e ajudara-o a deitar-se na dura alvenaria. Nem uma palavra sobre o redemoinho de ira posterior nem sobre a expiação no altar do sacrifício.

A única coisa que o velho dissera ao garoto fora que, antes de arrastá-lo à pousada, deveria colocar o saco na cabeça dele como um capuz fechado no pescoço. "Não procure a cara do homem, pois isso só servirá para deixá-lo mal."

INTEMPÉRIE

A princípio, teve dificuldade de se aproximar do cadáver e também de reunir forças para manobrar com a aniagem perto de seu corpo. Com o rosto voltado para a noite, apalpou o peito inerte do homem tentando descobrir o lugar em que jazia sua cabeça. Percebeu que a camisa estava úmida e afastou a mão por uns segundos. Sempre sem olhar, enrolou a boca do saco, colocou-a sobre o rosto do auxiliar e arrastou o tecido até tocar a superfície na qual repousava o cadáver. Deslizou o cânhamo por trás da nuca e, quando achou que toda a cabeça estava lá dentro, desenrolou o saco e amarrou-o ao pescoço com uma corda. Quando teve certeza de que o capuz não sairia, puxou o homem até que seu corpo caiu no chão. Sobre o assento ficaram crostas de sangue enegrecido, supurações de massa encefálica e retalhos de couro cabeludo cheios de coágulos.

Amarrou os tornozelos do auxiliar e enganchou o nó no cabresto, tal e qual o velho lhe dissera que deveria fazer. Levaram muito tempo para chegar à pousada porque o asno, carregado, tinha dificuldade de andar para trás. Quando chegou à pensão, o garoto tentou enfiar o burro de costas pela porta, mas o animal saltitava, incapaz de medir a escuridão profunda que havia atrás dele.

Diante da porta da estalagem, o garoto desatou o auxiliar e deixou que seus pés caíssem no chão. Agarrou-o pelas pernas da calça e puxou com todas as suas forças para dentro, sem conseguir que o corpo se movesse um centímetro sequer. Tornou a tentar várias vezes, mas em todas desabava vencido pelo cansaço, sem conseguir deslocar o cadáver.

Ainda não havia sinais do amanhecer, mas calculou que não devia faltar muito tempo para que o sol nascesse. Sentia-se incapaz de mover o corpo sozinho. Por um momento, pensou que tanto fazia se aquele homem ficasse ali mesmo. Que seu problema não era com ele, mas com o aguazil. Olhou para o poço. O pastor quieto, o cachorro ao seu lado e as cabras espalhadas. Teve uma ideia.

Entrou na casa e deixou a roldana na mesa. Tateando, rebuscou os lugares em que havia armários para ver se encontrava algum pedaço de sisal. Quando só faltava examinar a despensa, deteve-se. Ouviu a sua própria respiração no ar silencioso. Ao passar ao lado do cadáver do aguazil, sentiu que pisava em um charco de sangue que coagulava sobre os ladrilhos e que a bota escorregava. Livrou-se da pátina, arrastando as solas das botas a caminho da despensa. No lado de fora, com o aleijado fedendo a seus pés, apalpou as paredes internas do quartinho. Tocou cabos de ferramentas, réstias de alho e uma corda de um dedo enrolada em um prego.

A corrente de seu cativeiro continuava ligada ao pé da coluna. Enganchou a roldana no grilhão e depois passou a corda pela garganta polida. Levou os cabos até onde o homem jazia e amarrou um deles no sisal que unia os tornozelos. Puxou a extremidade livre até que as botas do morto ficaram paralelas, como se tivesse feito uma saudação marcial com os calcanhares. Tentou puxar com mais força, mas o peso do cadáver levou-o a perder o equilíbrio. Apoiou um pé em cada lado do batente da porta e, assim, com a ajuda de seu próprio peso, começou a puxar com todas as suas forças. O cadáver mexeu-se pouco, mas mexeu-se. Vinte minutos depois havia conseguido enfiar o auxiliar dentro do aposento o suficiente para fechar a porta.

O pastor não ordenara ao garoto que fizesse o que fez em seguida. Aproximou-se do aguazil e, com os olhos fechados, apalpou sua jaqueta. Tirou de um bolso interno o isqueiro prateado e guardou-o na camisa. Esvaziou em cima dos cadáveres uma lata de azeite que o aleijado guardava na despensa. O líquido empapou suas roupas e, quando estas não conseguiram absorver mais nada, derramou a sobra no chão, manchando para sempre os ladrilhos desenhados. Cobriu seus corpos com pedaços de caniços caídos do teto, a corda do auxiliar e caixas de madeira quebradas nas quais o aleijado armazenava garrafas. Recolheu os restos da cadeira de vime que havia quebrado para escapar do aleijado. Desarticulou as peças que ainda estavam encaixadas e jogou-as na pira, ao lado do assento trançado. Por último, enrolou pedaços de saco e estopa em um dos paus compridos da cadeira e prendeu com sisal. Na rua, começava a amanhecer.

O garoto voltou ao poço com um caixote de madeira na mão e, quando chegou, agachou-se ao lado do pastor.

— Já está tudo pronto. Podemos partir.

— Os corpos estão a salvo?

O garoto olhou para a pousada, cuja cal refletia os tons avermelhados do sol nascente.

— Acho que sim.

— As portas do inferno já estão abertas para eles.

— Sim.

Colocou o chapéu de palha na cabeça do velho e puxou-o até levantá-lo. Mal tinha forças para se manter em pé. A calça de repente fofa. O paletó esfarrapado sobre o corpo maltratado. Até aquele momento, o garoto não se dera conta de como o ancião estava magro. Ajudou-o a sentar-se ao lado do poço, colocou o caixote sob seus pés e, puxando seus braços, conseguiu que o pastor ficasse em cima da madeira. Depois, aproximou o burro e colocou-o de costas diante do pastor. Em seu pedestal, o estribo ficava na altura do estômago do velho. O garoto ajudou-o a deitar-se de frente em cima da carga. Puxando os braços e as pernas, conseguiu, finalmente, que o velho ficasse sentado sobre o lombo com as pernas encaixadas nos balaios cheios.

O garoto voltou à pousada pela última vez. A luz da rua já estava clara, mas ainda faltavam várias horas para que o sol penetrasse na casa. Agarrou a tocha de estopa e percorreu a sala com os olhos, mas mal conseguiu distinguir qualquer coisa. Aspirou o ar rançoso do interior e, pela primeira vez, identificou o cheiro no qual vivem os ratos. Um aroma prensado, mistura de madeira velha, grãos de milho a meio mastigados, excrementos que pareciam aletrias de chocolate. Também sentiu o cheiro do corpo do aleijado, que já fervia por dentro, e os restos dos aromas salgados que persistiam no ambiente apesar da espoliação. Agarrou a aldrava e puxou a porta com força para encaixá-la na fechadura, mas não se fechou. Insistiu várias vezes, sem resultado. No chão, a mão do auxiliar sobressaía, chegava à rua. Empurrou-a com a ponta da bota e tornou a puxar a porta até que percebeu o ferrolho se encaixar. Olhou para o poço e viu o pastor em cima do burro, com a cabeça caída e as mãos cruzadas sobre a carga como um prisioneiro.

Tirou o isqueiro do bolso da camisa e acionou-o. A luz azulada iluminou seu rosto sujo. Se pudesse olhar-se em um espelho, teria começado a chorar. Aproximou a chama das fibras de estopa que escapavam da tocha improvisada e soprou até que acendeu. Aproximou do chão a cabeça da tocha e foi girando o cabo lentamente até que toda a estopa ficou inflamada. Abriu um basculante, atirou o pau na caótica pira e ficou olhando. A princípio, não aconteceu nada, e, por um momento, temeu que o fogo não passasse à pilha e que a tocha terminasse se apagando. Depois, decorridos alguns minutos, a palha seca do assento acolheu a chama, e o resto veio sozinho. Deixou o basculante semiaberto para alimentar o fogo e foi ao encontro do pastor e dos animais. Agarrou o cabresto do asno e saíram pelo norte, rumo aos montes, quando já havia amanhecido por completo.

11

A manhã ainda não avançara muito e já estavam longe da aldeia e da fumaça quando se deu conta de que o pastor estava morto. Decidira parar e descansar em um arvoredo afastado do caminho porque, dada a noite que haviam passado, achou prudente proteger-se do sol e de gente, tentar dormir um pouco. Supôs que o pastor não acharia ruim porque aquela havia sido a forma como o velho dirigia as jornadas: andar durante a noite e desaparecer durante o dia.

Pela primeira vez desde que se conheciam, não fora o velho quem havia ordenado a parada e, tomando aquela decisão, sentiu que era ele quem estava no comando e que o velho lhe agradeceria um pouco se colaborasse nesse sentido.

Durante a marcha, virara-se em várias ocasiões para confirmar que as cabras e o velho continuavam bem. Em determinado momento, o corpo do homem se desequilibrou e encontrou-o apoiado entre os gargalos dos garrafões que sobressaíam dos balaios. Supôs que adormecera e não o surpreendeu que um homem de sua idade pudesse fazê-lo em uma posição tão incômoda porque era muito o cansaço que seus ossos acumulavam.

Abandonaram o caminho e atravessaram o descampado, passando por terreno seco e pedregoso. Reparou nas pegadas que deixavam e sentiu um impulso de apagá-las, mas, embora pudesse disfarçar com galhos as marcas do burro, não estava disposto a recolher o estrume das cabras. Pensou na noite anterior, no crânio esmagado do auxiliar e na cabeça despedaçada do aguazil por arte da pólvora, do chumbo e do pastor; também em todos os dias em que estavam caminhando, nas noites de insônia, na fome e na indigestão e, já perto de seu destino, notou como suas pálpebras tremiam, e nesse instante nada mais lhe importou. Poderia ter parado ali mesmo, no meio da planície, e dormir de joelhos, mas estavam tão perto do arvoredo que fez um último esforço.

O pinheiral era pequeno, mas suficientemente profundo para poderem adentrar nele sem serem vistos por quem passava no caminho. Naturalmente, se alguém quisesse encontrá-los, não demoraria a dar com eles, mas até isso era uma coisa que naquele momento não lhe importava. Reuniu às pressas alguns galhos e construiu um cercado no meio de vários arbustos. Com a ajuda do cão, guardou as cabras e tornou a descer o pastor e a descarregar o burro.

— Vamos descansar aqui, se não lhe parecer mal.

O velho não se manifestou. O garoto se aproximou do asno e fixou seu olhar por baixo da aba do chapéu do pastor. Estava com os olhos fechados, e ele pensou que gostaria de estar assim. Desenganchou as pernas do pastor, aprisionadas pelos balaios e as costelas do burro. Enfiou o ombro contra sua cintura e puxou as costas do velho para tentar apeá-lo. O peso despencou em cima dele e os dois caíram nas agulhas dos pinheiros rangentes.

O corpo do ancião em cima dele fedia tanto quanto o seu. Não compreendia o que fazia ali debaixo e, se não tivesse sido por seu fedor, teria ficado ali mesmo. Empurrou o velho, e seu corpo girou no chão como uma porta. Ficou estendido ao lado do cadáver do velho como se tivesse tirado de cima uma manta em uma manhã quente. O esgotamento unia-o à terra. Respirava olhando a copa dos pinheiros. Os milhões de agulhas penteavam a luz amarela e peneiravam um céu que não admitia ser olhado diretamente. A brisa fazia as acículas se chocarem, espalhando no ar um som balsâmico. Não precisou sacudir o rosto do pastor ou abrir suas pálpebras. Sabia que estava morto, e isso era tudo. Não tinha forças, nem vontade de pensar no que acontecera, nem no que estava por vir, porque seu corpo infantil estava extenuado. Mexeu o pescoço e os ombros para acomodar seu corpo ao colchão de agulhas de pinheiro. Depois, sem querer, uniu seu braço ao do velho e entregou-se ao sono como quem deixa que o vento areje seu rosto diante do mar.

Foi despertado com o cão enfiando o focinho em seus rins. Abriu os olhos e apalpou a cabeça do animal, que no mesmo instante relaxou, e pousou-a no chão para permitir que o fizesse. As copas dos pinheiros continuavam em seu lugar, mas não filtravam mais a luz poderosa do meio-dia, e sim atenuavam o laranja empoeirado do entardecer. Sentiu o braço do velho contra o seu e, sem olhá-lo, levantou-se e ficou sentado como um esquadro. Sentiu dores no estômago. Passou a mão nas costas e apalpou o ponto dolorido. Virou-se, ficou de joelhos e escavou no meio das acículas até encontrar uma pinha compacta e pontiaguda. Olhou-a sem parar de tocar nas costas e atirou-a mais além das cabras. Não sabia quanto tempo havia dormido. O burro ainda estava em pé, carregado com todos os víveres e utensílios. Foi até ele e grudou seu rosto no do animal enquanto acariciava sua mandíbula. Depois, esvaziou os balaios, tirou-lhe a focinheira e colocou água em uma vasilha que havia pegado na pousada.

Foi até o fim do pinheiral para divisar o caminho, sentindo alfinetadas no estômago. Em campo aberto, a luz era mais intensa e, de onde estava, pôde inspecionar um longo trecho da vereda. Não encontrou sinais de vida em nenhuma direção e voltou para o lugar onde estava o velho. Pensou que a dor que sentia na barriga podia se dever muito bem à água podre que estava bebendo e que, se não se manifestara antes, era porque seu corpo não havia tido um único minuto de paz. Sentiu sede, mas, em vez de beber, decidiu que, a partir daquele momento, ferveria a água primeiro. Observou o burro com o focinho enfiado na vasilha até as ventas, e seus olhos foram do recipiente ao animal e depois para as cabras. Olhou ao redor como se quisesse encontrar alguma coisa no ar que o cercava. Um pouco de brisa que alimentasse uma fogueira ou um manancial voador que vertesse do nada água fresca em sua boca de pele retesada. Apalpou o isqueiro em seu bolso e então decidiu não acender a fogueira para purificar a água.

Perambulou pelo lugar sem nenhum propósito, evitando deliberadamente olhar para o velho. Repassou os víveres, confirmou a solidez da frigideira e cheirou o azeite. Soltou as cabras para que se mexessem um pouco e viu o cão se agitar para controlá-las. Acariciou o burro, voltou ao fim do bosque e sentou-se em um tronco caído. Depois de um tempo, lembrou-se de que estava com sede e retornou ao acampamento.

Escolheu a cabra com os úberes mais cheios, colocou-se atrás dela e apertou-os com a mão até que extraiu as primeiras gotas. Colocou uma vasilha embaixo e ordenhou o animal até que o fundo do recipiente lhe pareceu suficientemente cheio. Deu uma palmada na cabra para que se fosse e levantou a tigela para beber o pouco leite que tirara do animal. Permaneceu quieto durante um tempo. Deixou o recipiente no chão e foi até o lugar onde estava o pastor. Pela primeira vez desde que morrera, atreveu-se a olhar o cadáver. Estava deitado no chão, com o rosto descontraído. Parecia que havia perdido algumas de suas rugas. O chapéu estava a meio metro do corpo, tal e qual havia rolado de sua cabeça quando caíra do burro. Tinha os dedos fechados, quase formando dois punhos. O paletó, sujo e aberto, com as marcas das vergastadas assomando nas costas. Poderia estar adormecido, mas a verdade é que já devia estar apodrecendo por dentro. As cabras faziam soar seus chocalhos às suas costas e o garoto deixou-se cair e começou a chorar junto ao corpo quieto.

Ainda era noite quando foi despertado pelas formigas. Percorriam o dorso da mão que lhe servia de travesseiro e subiam pelo seu rosto. Ficou de joelhos e sacudiu-as rapidamente. Mal se enxergava a poucos metros. Apalpou o cadáver que estava a seu lado e percebeu sua frieza. Escavou com as mãos no meio das agulhas até que deu com a terra e, então, abriu uma clareira maior. No centro, amontoou umas poucas agulhas secas e acendeu com o isqueiro uma fogueira minúscula. A pequena luz bailarina foi suficiente para ver como os bichos percorriam a cara e o peito do pastor. Alcançou um pequeno galho de pinheiro e usou-o como escova para afastar os insetos do corpo. Foi aos balaios em busca da frigideira do aleijado e colocou-a aos pés do pastor. Com o cabo da panela, traçou umas linhas no chão que saíam do cocuruto e dos calcanhares e se prologavam à esquerda do velho. Depois, mediu com as mãos a largura dos ombros e transferiu as medidas para o lugar onde iria escavar.

A princípio, avançou com rapidez. Afastou as acículas de uma franja do chão ao lado do corpo e, com a ajuda da frigideira, retirou as primeiras camadas de areia solta. A um palmo de profundidade, começou a encontrar raízes que cruzavam a terra em todas as direções, formando um tecido subterrâneo no qual a frigideira batia sem parar.

Ao amanhecer, havia escavado um buraco de meio metro de profundidade que não servia nem para cobrir o nariz do velho. No meio da manhã, parou para repor as forças e, de dentro do buraco, constatou que a superfície do solo chegava à altura de seus joelhos. Poderia enfiá-lo já, mas os cães não demorariam a tirá-lo dali. Resolveu continuar até que, à tarde, viu-se afundado na cova até a cintura.

Como em todas as jornadas anteriores, as horas transcorreram entre a vigília e o trabalho. O cansaço como uma segunda pele. Só aconteceu uma coisa que o distraiu. Ao meio-dia, o cão se levantou do lugar onde descansava e, voltado para o caminho, farejou o ar. O garoto acalmou-se e levou-o preso até o fim do bosque. Alguns tropeiros passavam em direção ao norte. No total, três homens e dez ou doze mulas carregadas. O garoto achou que a caravana não tivera outro remédio senão passar pela aldeia e, em consequência, devia estar a par de que a pousada havia incendiado. Também deviam ter visto a motocicleta do aguazil na entrada do povoado e, certamente, teriam espiado no interior da estalagem e descoberto os corpos carbonizados.

Empurrou o cadáver no buraco e, ao cair, virou-se e ficou de boca para baixo. O garoto olhou-o e balançou a cabeça, incomodado. A cova era tão estreita que levou mais de meia hora para colocá-lo de barriga para cima. Depois, dirigiu-lhe um último olhar e tapou seu rosto com um pedaço de pano que restava. Encheu a sepultura de terra até deixá-la nivelada com o solo. Distribuiu a terra que sobrara pelos arredores e cobriu tudo com as agulhas dos pinheiros. Imaginou que, em algumas horas, a mancha de umidade das acículas revoltas teria se evaporado, e o túmulo ficaria invisível a olho nu. Ficou em pé, olhando o lugar sob o qual jazia o pastor, e depois recuou alguns passos. Voltou com dois pauzinhos de não mais de um palmo e colocou-os no chão, um em cima do outro, formando uma cruz. Contemplou-a e não conseguiu entender o que significavam aqueles pedaços de madeira naquele lugar remoto e sombrio. Começou a rezar um pai-nosso, mas, na metade, começou a murmurar até que a oração se enlameou em seus lábios e deu-a por terminada. Teria gostado de ter sabido o nome do velho.

Passou o resto da tarde descansando. Comeu à vontade e bebeu todo o leite que conseguiu tirar das cabras. Cochilou em cima dos balaios e, antes que anoitecesse completamente, carregou o burro, desfez o redil e retomaram a marcha. Andaram debaixo da lua pelos caminhos planos e vazios que levavam ao norte. A Estrela Polar servia como guia. Às vezes, desviavam-se do rumo, mas sempre encontravam uma vereda que voltava a encaminhá-los a seu destino.

Uma manhã, enquanto descansava entre as paredes de uma velha casa para trabalhadores andarilhos, ouviu o tamborilar da chuva sobre uma chapa caída. Sob o dintel rachado assistiu ao insólito espetáculo que se desenrolava sobre a terra. O céu repleto de nuvens cinzentas no meio da manhã e uma luz transparente que desenhava os objetos, outorgando-lhes uma nitidez que não recordava. As gotas grossas que se partiam contra o solo empoeirado e que não penetravam nele. Entrou na casa e saiu de novo com um cântaro embaixo do braço. Caminhou alguns metros diante da fachada e deixou o recipiente no chão. Depois, voltou à porta e ali ficou enquanto a chuva durou, observando como Deus afrouxara um pouco as porcas de seu tormento.

AGRADECIMENTOS

O autor deseja expressar seu agradecimento a Raquel Torres, Arantxa Martínez, Elena Ramírez, Juan María Jiménez, Javier Espada, Espartaco Martínez, Verónica Manrique, Francisco Rabasco, Gustavo González, Fátima Carrasco, María Camón, Diego Álvarez, Germán Díaz, David Picazo e Manuel Pavón.

Carmen Jaramillo merece uma menção à parte. Com sua confiança, melhorou o livro, mas com seu exemplo melhorou o autor.

Impresso no Brasil pelo
Sistema Cameron da Divisão Gráfica da
DISTRIBUIDORA RECORD DE SERVIÇOS DE IMPRENSA S.A.
Rua Argentina 171 – Rio de Janeiro, RJ – 20921-380 – Tel.: 2585-2000